# 夜警ども聞《こ》えるか

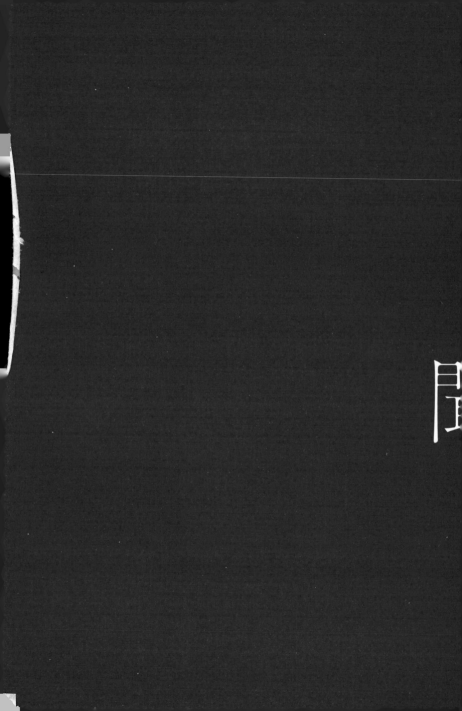

以下に続く物語は、全て「筆者」が入手した複数の資料に基づいて構成されたものです。

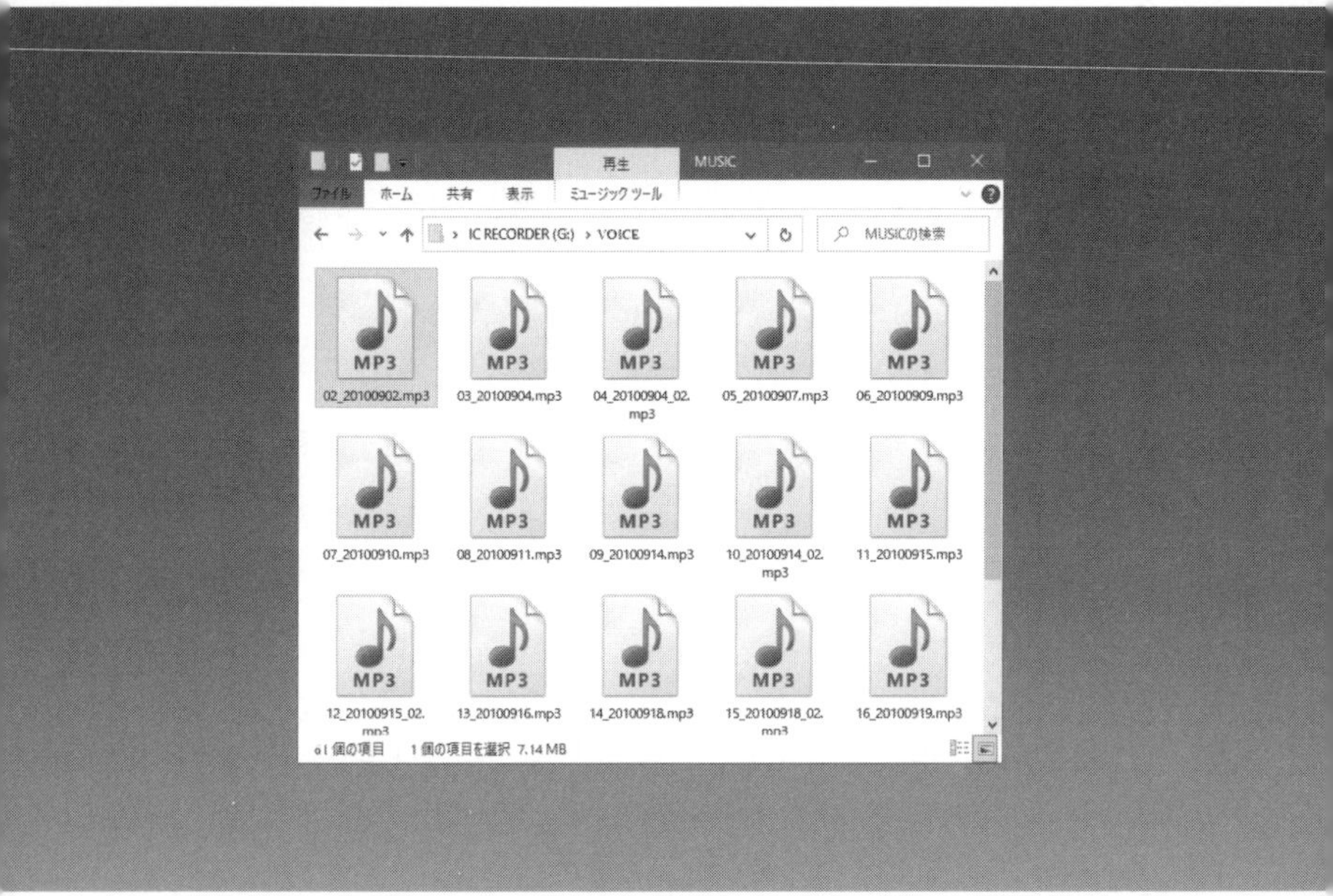

再生
MUSIC
ファイル
ホーム
共有
表示
ミュージック ツール
IC RECORDER (G:) > VOICE
MUSICの検索
02_20100902.mp3
03_20100904.mp3
04_20100904_02.mp3
05_20100907.mp3
06_20100909.mp3
07_20100910.mp3
08_20100911.mp3
09_20100914.mp3
10_20100914_02.mp3
11_20100915.mp3
12_20100915_02.mp3
13_20100916.mp3
14_20100918.mp3
15_20100918_02.mp3
16_20100919.mp3
1 個の項目を選択 7.14 MB

# 経緯

この原稿は、果たして無事に出版されているのだろうか。

K社主導で企画が持ち上がってからこのかた、本稿を巡っては様々な事態が多発している。

例えば執筆に取りかかった、ある夜のこと。第一稿のちょうど三行目――まさにこの部分を執筆していた時に、突然、部屋の灯りが音もなく消えた。町の寝静まった深夜、それも丑三つ時の静けさに筆を執るのが習慣になっていたのもあって、室内は瞬時、輪郭すら曖昧な真っ暗闇に包まれたのだった。

書いていた内容が内容だけに、私は泡を食った。いましも何か恐ろしいものが、闇に紛れて這い寄ってくるような気がしたのだ。

しかし。

手探りで卓上灯のスイッチを押してみたものの、軽い擦過《さっか》音が打ち返るばかりでいっこう光が灯らない。

故障であった。

買って二ヶ月の、白鳥が鎌首をもたげたようなスタンドライト。

導線も電池も支障なく、原因は不明である。

その日から立て続けに、光を発するタイプの家電製品が次々と寿命を迎えた。

テレビモニター、天井灯、そして本稿を書いていた一〇インチのタブレット。

いずれも購入時期はまちまちで、同時期に力尽きるとは考えづらい。そして何より、どれも低収入のミステリー作家もどきには、必要欠くべからざるものである。

手痛い出費に、私は一人むせび泣いた。


同じ頃、担当編集のIさんも変事に見舞われていた。

彼女が、担当する別の作家と電話で打ち合わせをしていた時のことである。初めは、せいぜいスケジュールの確認がてら、という程度の会話だったはずが、新企画に乗り気でない作家の消極的な態度に業を煮やし、檄《げき》を飛ばすというにはいささか感情的な、熱のこもった創作論の応酬にすり替わりかけた、その時。

「……えっ、あれ？」

それまで不機嫌そうに相槌を打つだけだった電話口の作家が、急に腑抜けた声を出したのだ。そうまでして会話を切り上げるタイミングでもなかっただけに、Iさんも振り上げた矛を収めざるを得なかった。

事情を訊くと、Iさんの声にノイズのような音が混じっていたのだという。

「何ていうんだろ……うつむいたまま、誰かに部屋の中を案内するような声でした。あの時Iさん、携帯を手に持ったまま部屋の中を歩き回っていたでしょう？　声はその背後を、ぴたりとついて回るんです。ボソボソ言ってるだけで内容までは聞き取れなかったんですが、ある瞬間、チューニングが合ったようにはっきりと『ここ』って聞こえました」

その場所には、本稿の企画書が置いてあった。

改めて稿を起こすに当たり、その作家氏にいま一度当時の状況を取材しようと試みたが、入院中のため断念した。

深夜に車を運転中、Iさんからの電話に出ようとしてステアリングを切り違えたのだという。

その時刻、Iさんは就寝中であった。


他にも大小様々なトラブルが生じている。全てをあげつらえば、枚挙にいとまがない。

ここで読者の皆様に、僭越ながらひとつご忠告申し上げておこう。

本書を読むことで発生したいかなる事象についても、K社と私は一切の責任を負いかねる。

以降のページをめくるかどうかは、全て読者の皆様のご判断と興味に委ねたい。

つまるところ、本書に収録された話のいずれかは「障る」可能性があるということだ。

それがどのページのどの話なのかは、現時点で特定できていない。


全ては、二〇二三年の六月にさかのぼる。


その日私は、中古のボイスレコーダーを購入した。

馴染みのフリマアプリで、担当編集のIさんが見つけたものである。

運良くSNSで注目されたはいいが、物書きとしては二の手がなく、といって本業の景気も鳴かず飛ばず……。そんな苦境から目をそらすように、あの頃の私は退社後のわずかな時間で、数百円程度のちょっとした小物を買うのが楽しみになっていたのだ。

中古の生活用品には、以前の所有者が残したぬぐいようのない使用感が刻まれている。深夜の薄暗がりにそれをかざしながら、戯れにその歴史を空想するのが趣味だった。

今にして思えば、それはやはり小説の一冊すら上梓できない現状への、罪滅ぼしのような意味合いがあったのかもしれない。素人物書きを標榜《ひょうぼう》するなら、せめて一日のうち一瞬でも想像に時間を費やさねば。そんな強迫観念にも似た義務感があったのかもしれない。

いずれにせよ、その日の肴はボイスレコーダーであった。

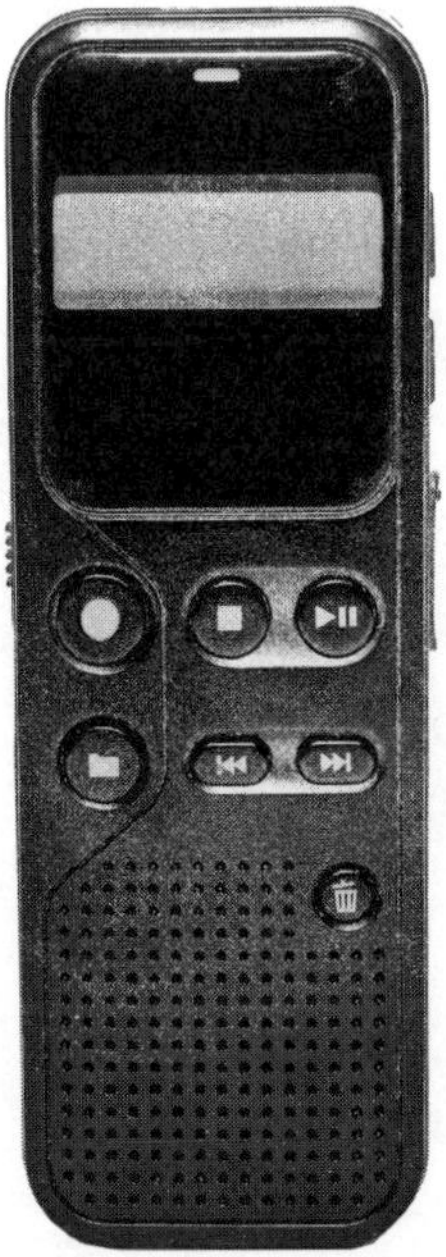

全体的に陰気なネズミ色で、小さな画面は傷だらけ。背面には黒ずんだ汚れが点々と付着してい

て、手を洗ったばかりならつまむのもためらいそうだ。塗装の剝げたボタンは一時停止を兼ねた再生・録音と簡素なもので、生卵よりずっと軽い。この先取材で酷使するのもはばかられるような、旧世代の遺物めいたシロモノであった。

私は特にためらいもなく、電源のスライダーを押し上げた。

電池の残量にまだ余力があったのだろう、画面に息を吹き返すようなライトが灯る。

「ＷＡＩＴ……」と妙に長い読み込み時間を経て、そこに「ナイブ　ファイル　46」と表示された。

おや、と思う。

たいていこういった商品は、内部の過去データを抹消した上で市場に流すのが常だ。個人情報保護や防犯の観点からも、当然そうするのが望ましい。

ところがこのボイスレコーダーには過去の録音データがそのまま残されているようだった。それも四十六個となると、何かしら常用していたものに違いない。いくら金銭で決着をつけているとはいえ、それら過去の残滓《ざんし》を興味本位で聴いてしまっていいものか……。

逡巡の末、やはり私は出品者へデータ消去の許可を取ることにした。もしも業務上の守秘義務にかかる記録でも紛れ込んでいたら、一大事である。

すぐにブックマークから購入ページをたどり、出品者のプロフィールへ飛ぶ。

しかし、どういうわけか。

出品者のアカウントはすでに削除されていた。跡地には空欄ばかりの自己紹介が、さながら打ち捨てられた廃団地のように寒々しく並んでいる。後に調べて知ったのだが、この手のアカウント情報などは削除からしばらくの間、つまりはユーザーが利用停止を撤回できるよう、かつての情報が遺漏なく保持されるのだという。くだんのサイトも御多分に漏れず、出品者のページは依然として機能したままであった。

そのため、出品者が最後に更新したプロフィールもまた、ありのまま残されていた。

画面右下の表示によると、最終更新はほんの一時間前。

削除の直前、出品者はユーザー名をこう書き直していた。


『きいてください』


背筋に冷たいものが走った。

まるで心の奥底を見透かされたような嫌悪感。それがじわじわと身体の芯にこみ上げてくる。

まさか初めから、こうすることが目的だったのだろうか。

インターネットの大海に糸を垂らし、つと注がれる好奇の視線を待ちわびていたのだろうか。

今となっては、確認のしようもない。

その後数ヶ月のうちに、出品者のプロフィールページは完全に消去された。

当然ながら、音声データの都合を問う私のメッセージにも返信はない。

先方が匿名配送を指定したこともあって、住所や電話番号はおろか宛名すら判らずじまいである。

こうして、私の手元には出自不明のボイスレコーダーだけが残された。

それが全ての始まりだった。

## 【皮肉屋文庫・注】

まず第一に。

これからお見せするテキスト群は、特段の注釈がない限り、全て「ボイスレコーダー内部に残されていたファイル」であることをご留意いただきたい。

そもそも、ボイスレコーダーに保存されたテキストファイル、と聞けば読者の皆様は違和感を覚えるかもしれないが、私の購入した製品は音声のみならず、画像、テキストデータなど、多様なファイルを内蔵して持ち運ぶことが可能なタイプであった。ひと口に録音機といっても近年はニーズの多様化から様々な商品が販売されており、本機は大容量のＵＳＢストレージとしての機能も備えていたのだ。

実際、くだんのボイスレコーダーには音声のみならず様々なデータが保存されていた。

本書では、それらを順にご紹介したい。

また先述の経緯から、以降に登場する「私」と、本稿の筆者である「皮肉屋文庫」とは全くの別人である。

レコーダー内部のファイルにはそれぞれ、「私」なる人物の一人称視点によるテキスト群が散在するのだが、ファイルの詳細や作成者情報をいくら探ろうと、筆者の氏名にまつわる記述は発見できなかった。

ゆえに以降のテキスト群の筆者もまた、一切不明である。

そうした混同を避けるため、著者である私、皮肉屋文庫による雑感や憶測が、その旨を明示することなく本編に挿し挟まれることも決してない。本書の大部分はあくまで、ボイスレコーダーの内蔵ファイルのみで構成され、本書を読むことでその全容を概観できるようになっている。

ただし一部、初めから文章としての体裁を伴っていない部分については、僭越ながら皮肉屋文庫が多少の手心を加えた。

以下のテキスト群の作者ご本人か、その安否について何か知る方があれば、是非編集部までご一報いただきたい。

第一のファイルは、ドキュメントの下書きのような以下の文章である。

それは私、皮肉屋文庫の境遇にも似た、ボイスレコーダーの出自にまつわる描写から始まっていた——

# プロットと題されたテキスト・1

K宮からその画像が送られてきたのは、私がくだんのボイスレコーダーを入手して数日後のことだった。

「すごい偶然なんですけど、私の方でも面白いものを見つけましたよ。あたふたとコピーを取ったんで不格好なものですが、ご容赦ください」

そう語る彼の口ぶりに、何か含むところがあった。画像は書籍の数ページをスキャンしたものらしく、ページの端が少し折れていることからもK宮の慌てぶりが窺える。

書籍の抜粋は次のようなものである。

『なんとも歯がゆく、痛ましい事件である。

この悲劇から半年後の一九九九年初頭。K■■大学学生自治会は、敷地内のサークル棟における二十四時間の自治権を完全に回復した。つまるところK■■大の学生たちは、彼らの憩いの場であるサークル棟から、大学側が委託した警備員を軒並み締め出すことにしたのである。

大学対学生というシンプルかつセンセーショナルな構図から、この一件は「二十世紀最後の学生運動」として、広く特集されることになった。連日の取材に応じた当時の自治会長は、K■■合同新聞の記者に対して、こう語っている。

「大学側は最後まで、看過されてきた警備体制の不備を認めませんでした。まだ十代にも満たない被害者を生んでなお、当局は体面を取り繕うだけの保身に走ったのです。学友である被害者の姉のためにも、私たちは行動を起こす必要があると思いました」

以来、大学の北端にそびえるサークル棟では、学生たちによる独自の警備体制が昼夜問わず敷かれている。メインとなる詰め所には監視カメラのモニターも導入され、不審者対策は万全だ。異状が認められた場合の実働部隊は各サークルから持ち回りで用立てられるため、人手不足の憂いもない。

「大学側が委託した警備会社は、人手不足から巡回要員を一人しか用意していませんでした。そのため個々の仕事量が多く、このサークル棟近辺まで丁寧に見回ることができなかったのです。一方で我々は人海戦術が利きますから、二十四時間の盤石な警備が可能です。大学側は我々の実績に対する積極的な評価を避けていますが、早くこの学生警備制度を正式に認めてほしいと思っています」

実際、二〇〇〇年以降に学内で発生した暴力・つきまとい事案などは、ほとんどすべてが彼ら学生警備員によって通報されたものである。その実績と機能性においては、従来の体制と比較すべくもない。

すべては学友の悲しみを無駄にしないため――

そう語る自治会長の表情からは、かつての学生闘争に見られた思想家への心酔や、流れ来る気運への陶酔といった個人世界の充実よりも、むしろ大きな後悔に向き合うだけの実直さや、誠実さを感じずにはいられなかった。

世紀末の学生運動が残したともしびは、ここ、九州の地で優しげなほむらを上げ続けている。

・追記

先日、数年ぶりに取材に訪れた私を、新しい自治会長は快く招き入れてくれた。当時、意気軒昂とコメントに答えていた自治会長の背後で、緊張に身をこわばらせていた女子学生である。

「何年経とうと、私たちの学生警備制度は堅固です。警備の手順はマニュアル化されましたし、新しい機材の導入も検討されています。あの痛ましい事件から目をそらさぬためにも、我々は警備制度のブラッシュアップに努力を欠かしません」

手渡されたマニュアルは、九〇ページにも及ぶ詳細なものだった。モニターの使用法から事案発生時の対処法に至るまで、微に入り細を穿《うが》ち解説してある。

マニュアルに見慣れぬ言葉があったので、ふと訊いてみた。新会長はあの頃と同じ、少しはにかむような面持ちで、こう答えた。

「学生警備制度って言い方が硬すぎるんでしょう。みんなあれこれと勝手に呼び名を変えちゃって、結局これに落ち着きました」

ゼロ年代の夜明けを迎えてなお、学生警備員たちの意志は固い。

慢性的な少子化を受けて入学希望者数はやや減少傾向にあるものの、学生警備制度への参入志願者は増える一方だという。

学内の治安を守るため、彼らの目はおそらくこれからも、学内の随所に注意深く注がれ続けることだろう。


K[redacted]大学学生警備制度。

彼らはこれを「夜警」と呼ぶ。

（人材工学研究所　刊『学生運動いまむかし』より抜粋）』

「このK[redacted]大学って大学の略称、ローマ字表記の頭文字を取って『KQ大』もしくは『KQU』らしいんですけど、あのボイスレコーダーの裏側に書かれていたものじゃないですか？」

K宮はそう言って、得意げに鼻を鳴らした。

なるほど、経年劣化でだいぶかすれているが、言われてみればそう見える。

興味を惹かれた私は最大手の検索エンジンを用い、当の大学を検索してみた。

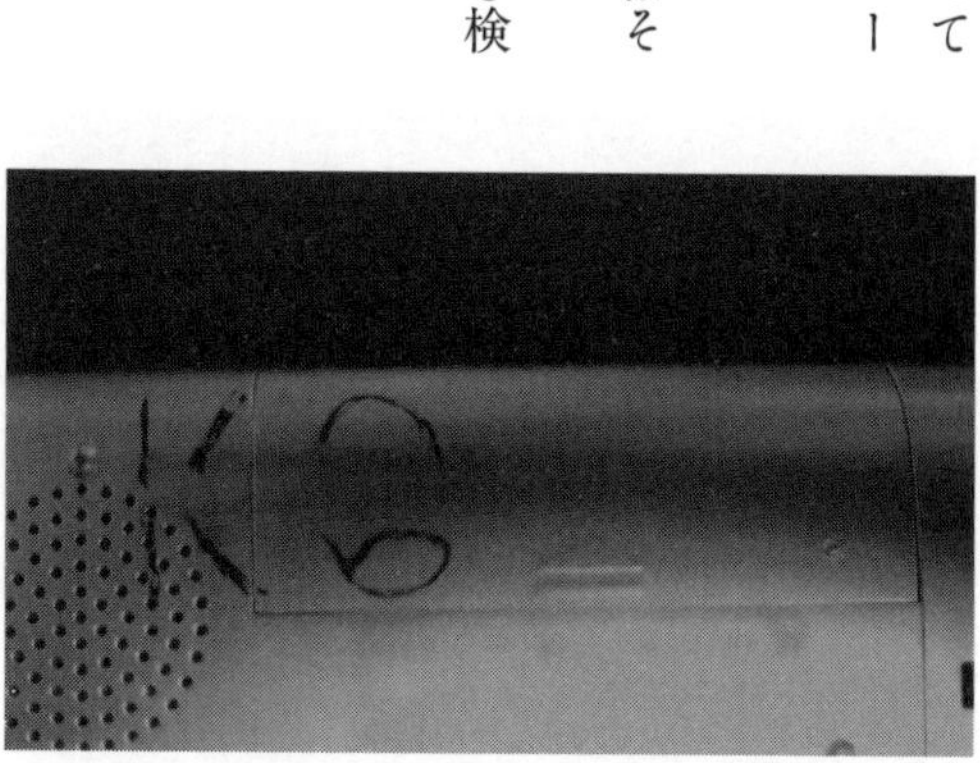

おや、と思う。

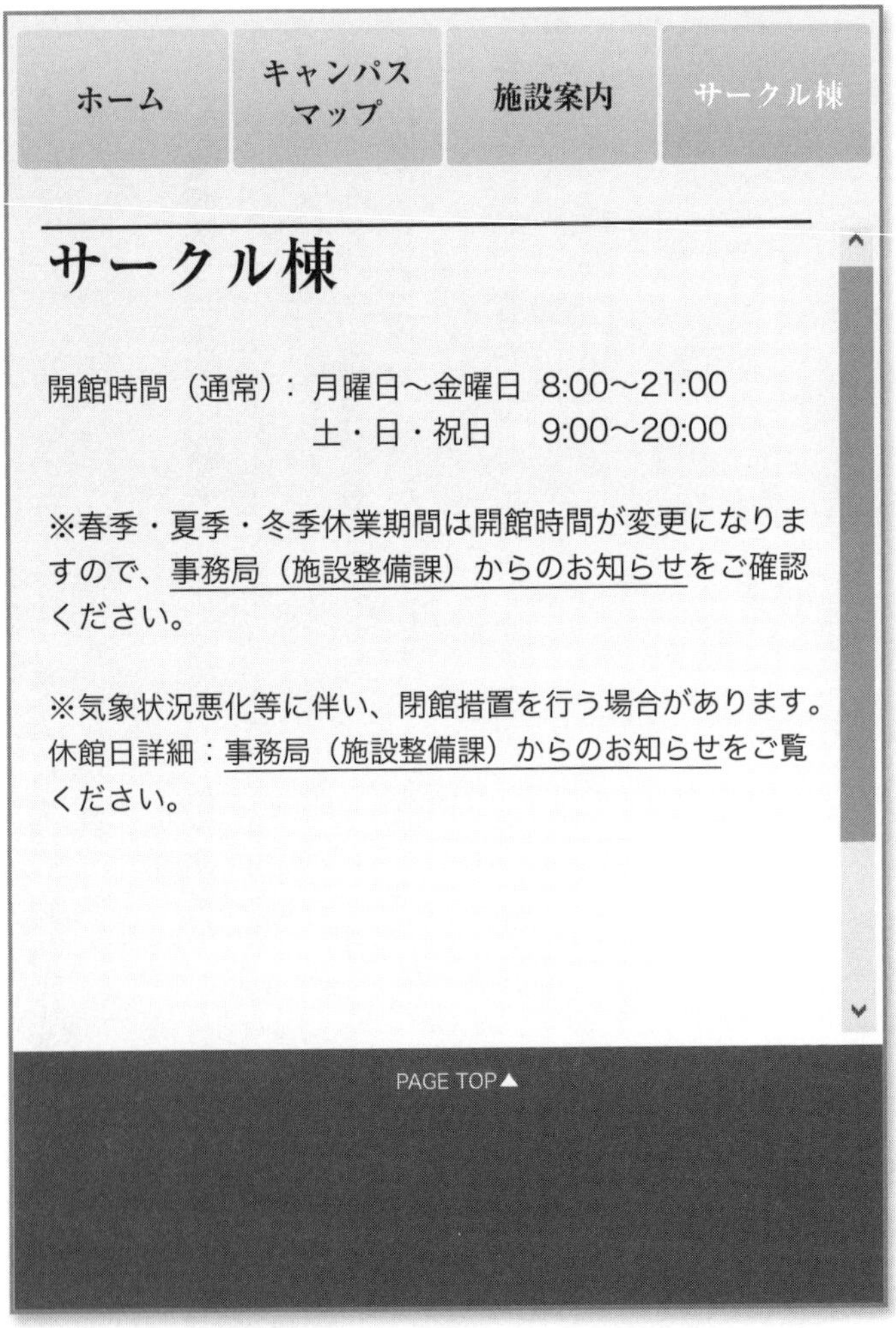
ホーム
キャンパスマップ
施設案内
サークル棟
サークル棟
開館時間（通常）：月曜日〜金曜日　8:00〜21:00
土・日・祝日　9:00〜20:00
※春季・夏季・冬季休業期間は開館時間が変更になりますので、事務局（施設整備課）からのお知らせをご確認ください。
※気象状況悪化等に伴い、閉館措置を行う場合があります。
休館日詳細：事務局（施設整備課）からのお知らせをご覧ください。
PAGE TOP▲

先の書籍によれば確か、サークル棟は二十四時間の利用が許されているのではなかったか。学生による自治が許された、実に珍しい大学とのことだったが。

さらに調べを進めると、以下のゴシップサイトがヒットした。

当時発行された雑誌の記事を、引用の名のもとそのまま引き写したものらしい。

『しかしこの夜警制度は、二〇一〇年一〇月のある夜、突如として終焉を迎えた。インタビューに応じた学生の一人[redacted]さん（社会学部二年生）は、どこか後ろめたい様子で、当時の状況をこう語る。

「夜警担当のやつらが、朝になっても連絡ひとつ寄越さなかったんです。それで変だよな、って話になって……」

不審に思った朝シフトのメンバーは、まさか酒に酔い潰れているんじゃなかろうか、といぶかしみながら、早朝のサークル棟へ足を運んだという。

しかし館内で彼らを待ち受けていたのは、あまりに異様な光景であった。

ＫＱ大学サークル棟大学生集団パニック事件

（二〇一〇年一〇月三〇日の深夜から未明にかけて発生）

当時夜警に従事していた学生はみな、正気を失った状態で発見された。中には半覚醒状態で、うわごとのように何かをまくし立てる者もあったという。現場は騒然となり、大学周辺の閑静な山間部には、救急車のサイレンが絶えずこだました。

騒動の原因は、いまだ不明である。

この事件によって再び警備体制が刷新され、学生による完全自治は撤廃。サークル棟の利用は、安全を考慮して午後九時までに制限されることとなった。

事実上、最後の夜警とされる一〇月三〇日に、果たして何があったのか。

大学側は学生に実施した薬物検査の結果が陰性であることを強調するにとどまり、とうとうその詳細を公表することはなかった。』


集団パニック……。

何やらのっぴきならない様相を呈してきた。

そして我々は好奇心のおもむくままに調べを進め、ついにその画像を見つけてしまったのである。

# 10月 夜警イベントのおしらせ

ハロウィンを控え、このたび夜警連動型のイベントを開催することになりました。季節外れの怪談大会です！　夜警室にボイスレコーダーを置いておくので

**怖い話を録音してください。**（サークルと名前も）

そして、10月の夜警担当者は 待機 or 巡回中に

怪談音声をBGMとして必ずすべてきいてください。

10月最終日にアンケートをとり自治会で集計します。

そして最も怖いと評された怪談の提供者には

**賞金1万円** をプレゼントします。

録音〆切：9/29まで　※ボイスレコーダーは持ち出し禁止。

夜警とは？

24時間開放中のサークル棟の「夜間警備」の略。
各サークル持ち回りで、0〜6時の間に、1時間1回の巡回と点検をお願いしています。

質問などはKQ大 学生自治会
野口（noguchi@kqu.jp）まで

ボイスレコーダーという文言に、息を飲む。

思わず興奮気味に、私はK宮へ連絡を取った。

落ち着いてくださいい、となだめすかしながら、当のK宮も興奮を抑えられぬ様子であった。

「つまり例のボイスレコーダーは、その集団パニック事件の日、現場にあったってことですか」

「どうもそうらしいです」

「だったらつじつまは合いますね。このボイスレコーダーは、パソコンに直接接続して内部フォルダを閲覧できるようになっているのですが、音声ファイルのそれぞれに振られた通し番号は、次の通りでした。ええっと、最初のデータが『02_20100902.mp3』。で、お次が『03_20100904.mp3』、多少の重複はありますが、おおむね番号順で0902から増えていくんです。つまりこれらは一〇月の怪談イベントに向けて、九月二日から順次吹き込まれた、ということじゃないでしょうか」

「とするとこのボイスレコーダーには……」

当時の大学生が吹き込んだ幾多の怪談が、詰まっている。

たいていの怪談作家なら垂涎《すいぜん》の逸品だ。

作為も、創意もありのまま。切り出したダイヤの原石にも似た自然そのままの怪談が、ここにあるのだから。

「早速聴いて、これを怪談本のネタにしましょう」

そう意気込む私を、なぜかK宮は言下に制した。

「待ってください。私に考えがあります。それ、ちょっと先生の方では一切手を着けないままでいられます？　いったんこちらで預かって、そうだなあ、二週間ほど私に任せてもらえませんか？」

いやな予感がした。彼が私を先生と呼ぶ時は、たいてい何か含みのある時だと相場が決まっているのだ。

そして翌月、本業の多忙にかまけて原稿から逃げ出していた私に、当のＫ宮から再び連絡があった。

なぜか嬉々として、常ならずテンションが高い。

「話、つけましたよ」

それが第一声だった。

瞬時、本能的な悪寒が全身を貫く。

「話って、何の？」

「いやだなあ先生。ＫＱ大学の件ですよ。ちゃんと向こうさんの了解を取りました。呪われたレコーダーの件、『実証』できますよ」

実証？

何が何やらさっぱりだ。

すでに尻込みし始めた私を置き去りに、Ｋ宮は続けた。

「こちらで企画を立てました。例のサークル棟で、噂の集団パニック事件があったのと全く同じ日に、そのボイスレコーダーに入ってる怪談を聴くんです。本当はゲストも呼びたかったんですけど、複数人で騒がれちゃ困るって。だから今回は先生お一人で……」

「ちょ、ちょっと待ってください」

寝耳に水とは、まさにこのことである。

私の与《あずか》り知らぬ水面下で、なんと恐ろしい計画を進行させてくれたものか。

「このまま中身の怪談を文字起こしすればいいじゃないですか、なにもそんな、現地へ行かなくったって……」

「いやいや！　せっかくならレポート形式にした方が面白いじゃないですか。安直にその中身を書き起こすよりも、ずうっと」

「で、ですがそんな不謹慎な企画、本当に許可が下りたんですか？」

当惑に目を白黒させていると、Ｋ宮は咥えた獲物を誇る猫のように言った。

「あの大学、Ｘ市のフィルム・コミッションと密接に連携してるんです。ほら、町ぐるみで映画の地域振興に協力する、っていうあの仕組み。そしてうちの役員にもＫＱ大のＯＢがいましてね。その方面から、学生自治と青春をテーマにした映画の取材だと働きかけてもらったら、案外スムーズにことが運びましたよ」

なんと舌回りの良い人物だろう。だがそんな腹芸、本当に大丈夫なのだろうか。

「しかし、不謹慎じゃありませんか。実際にパニック発作を起こした学生さんがいるってのに、そんな企画……」

「あれえ？」Ｋ宮はそこで、妙に皮肉めいた口調になった。「てことは先生、そのレコーダーが『何か』を引き起こした、なんて本気で思ってるんですか？」

そこをつかれると痛い。

実のところ、サークル棟と集団パニックがつながった段階で、これはもしかすると……という思いはあったのだ。

本来私は、心霊現象全般に関しては否定派に属する人間である。

しかしこのレコーダーについて言えば、何か忌まわしいものを感じずにはいられなかった。これが集団パニックの現場にあったということも、おそらく当夜再生されたものだということも。「所詮、たまたまそう思えるというだけの偶然の一側面にすぎない」と一笑に付すだけの信念を、私は持ち合わせていなかった。

かつて手元にありながら再生をためらっていたのも、そんな「予感」のなせるわざだった。再生してしまえば後戻りができなくなる。なぜかそんな気がしたのだ。

だからK宮の言うとおり、集団パニックの原因がこのレコーダーにあるのでは、と夢想していなかったといえば、嘘になる。

一瞬の沈黙から、彼もそれを察したのだろう。

「ま、大丈夫ですよ先生。呪いのビデオじゃないんで、死にはしませんから」

「えっ？」

「もう当時の学生さんにも、ちゃんと話を通してあるんですよ。皆さん無事だし、一時的なパニック発作を起こしただけで、その後なんの後遺症もなく学業に復帰されてるそうです」

よかった。これで関係者全員が失踪している、とくれば、本当に実話怪談の世界へ足を踏み入れてしまうところだった。

「元学生さんの一人……野口さんって方が大学の事務局に勤めてましてね。それが功を奏したんです。当時一緒にサークル棟にいた学生さんにも連絡を取ってくださって」

安堵から盛大に嘆息する。そんな私を、K宮はせせら笑った。

「先生怖がりですから、これくらいは織り込み済みですよ」

それがつい先月、九月半ばのこと。

いま私は、X県某所、KQ大学へ至るつづら折りの坂道を、えっちらおっちら登っているところだ。

もうすぐあの場所へ着く。

かつてこのレコーダーが再生され、中身の怪談がざらつく壁面に反響した、あの場所。

数名の夜警が狂乱にあえぎ、幾多の悲鳴が絶えずこだました、あの場所。

こうして私は一〇月三〇日の深夜。冷たく暗いサークル棟の一室で、とめどない怪談の奔流に独り、耐え続けることとなったのである。

本書はその模様を、可能な限り忠実に書き起こしたものとなる。

集団パニック事件の現場で発見されたボイスレコーダーの音声だけでなく、再生当時の周辺状況、そして関連する資料などをこもごも織り交ぜて収録した。

当該データ等はすべて権利者の許可のもとに掲載することを、はじめにご留意いただきたい。

筆者

【皮肉屋文庫・注】

ここまでのテキストに登場した固有名詞をもとに、Ｋ社編集部と皮肉屋文庫とでいくらかの調査をおこなった。

まずはＫ■■大学と伏せ字にされたこのドキュメントの舞台に関してであるが、二〇二四年現在、国内には「ＫＱＵ」の略称を持つ大学は存在しなかった。念のため、頭文字がか行に当たる大学の公式ホームページを総当たりで確認してみたが、作中の画像に類似したページはついに発見できずじまいである。

そもそもが架空の大学なのか、略称だけがまがい物なのか。あるいは細部の描写から現場を特定できぬよう、意図的に創作を織り交ぜた可能性もある。

他の引用文書についても同様で、『学生運動いまむかし』なる出版物も、人材工学研究所という団体も、集団パニック事件の概略が記されたゴシップサイトすら、その存在は確認されていない。

ありもしない資料をさも事実めいて引用するあたり、一連の記述はモキュメンタリーと呼ばれるジャンルを意識した構成と思われるが、作者「私」の真意は不明である。

# プロットと題されたテキスト・2

私はKQ大学の北端にいた。

秋の盛りの冷たい風が、私の肩口をひゅるりと鳴って吹き抜ける。誰へともない笛の音の物寂しさだけが、あとに残った。

のしかかるような裏山。その巨大なシルエットを背景に、KQ大学のサークル棟はこぢんまりと佇んでいた。大自然の営為に対し、負けじと背伸びするような健気さがある。周辺に同等の建物はなく、ここだけが外界から隔絶されているようだ。

玄関口の前に立ち、ひっそりと静まり返ったサークル棟を見上げる。むき出しのコンクリートに、ヒビの走った壁面。石造りの巨大な箱を見ているようで、全体的に粗野な印象を受ける。物見高くきょろきょろしていると、私を先導する防災センターの警備員が、少し笑った。

「面白い造りでしょう。なんとかっていう有名な建築家のデザインらしく、たまに撮影の依頼がきますよ。そちらのように映画関係だったり、雑誌の表紙だったり」

ころころとふくよかなその男性は、どうも話好きのする気質らしい。こちらが水を向けるまでもなく、あれこれとガイドをしてくれる。

「中は土足のままで構いません。午前〇時から、二時間ごとに館内を巡回しますので、その時は一応お声がけします。廊下の窓や他の部屋の扉は、なるべく開けないようお願いします。おタバコは外の喫煙スペースをどうぞ。館内の電灯は午後一〇時で強制的に消灯していますが、コンセント自体は使えますので充電や執筆もそれでどうぞ、エトセトラエトセトラ。

「ということで、ごゆっくり」

言うだけ言って、さっさと帰ってしまった。

誰もいないキャンパスにぽつねん、と取り残され、言い知れぬ寂寥《せきりょう》感が這いのぼってくる。

私は溜め息をひとつつき、錆の浮いたドアノブにそっと手をかけた。

館内のポーチライトが、意外そうにまばたきするようなテンポでチカチカとまたたいた。

こんな時間に来客か、とでも言いたげな動作だった。

貼り紙やポスターだらけの細い廊下。その両側にそれぞれ、簡素な押しボタン式のドアがいくつも並んでいる。ドアのそばには識別票を差し込むスペースがあって、そこに手書きで「登山部」だの「ロボット工学研究会」だの、バラエティ豊かなサークル名が見て取れた。

廊下の奥は黒一色。私以外に、人の気配はない。

夜警室は入って左手、奥から二番目の部屋だと聞いていた。

ペンライトで足元を照らしながら、そろりそろりとひた進む。

そこだけ灯りが点いていた。

ドアを開いた瞬間、おぼろげな拡散光が周囲の様子を照らし出す。火災防止のポスターで微笑む少女が、ぬっと暗闇から現れて思わず後ずさった。

小さな部屋である。

八畳ほどの室内は、資料をストックするスチールラックとソファ、そしてウグイス色の事務机でほとんどが埋まっていた。その一角にはごてごてとモニターの居並んだスペースがあり、卓上を占めるのは何やら大仰な機材の一式だ。

監視モニターである。

乳白色の灯りが、それら全てを気だるげに照らしていた。床はコンクリートの打ちっぱなしで、どこか無機的な匂いがする。

そんな夜警室の事務机には、青い表紙のファイルがひとつ置かれていた。

「先日申し上げた野口さんという職員の方から、ファイルをひとつだけ選別していただきました。事件当時の夜警記録だそうです。連絡用に設置していたノートや、証拠保全のために印刷された夜警にまつわるメールのやり取りなども、全て野口さんのご厚意で用意してもらえて……。よかったら臨場感を出す小道具に使ってください」

K宮からそう伝え聞いたものだ。

思いのほか協力的だな、と思う。原因不明の集団パニックとはいうものの、十余年が経過した今となってはただの思い出に過ぎないのかもしれない。

やや肩の荷が下りたような気になって、ファイルを手に取る。

ふと、ファイルから飛び出した一枚のルーズリーフが目についた。

それを手前に引っぱりだす。

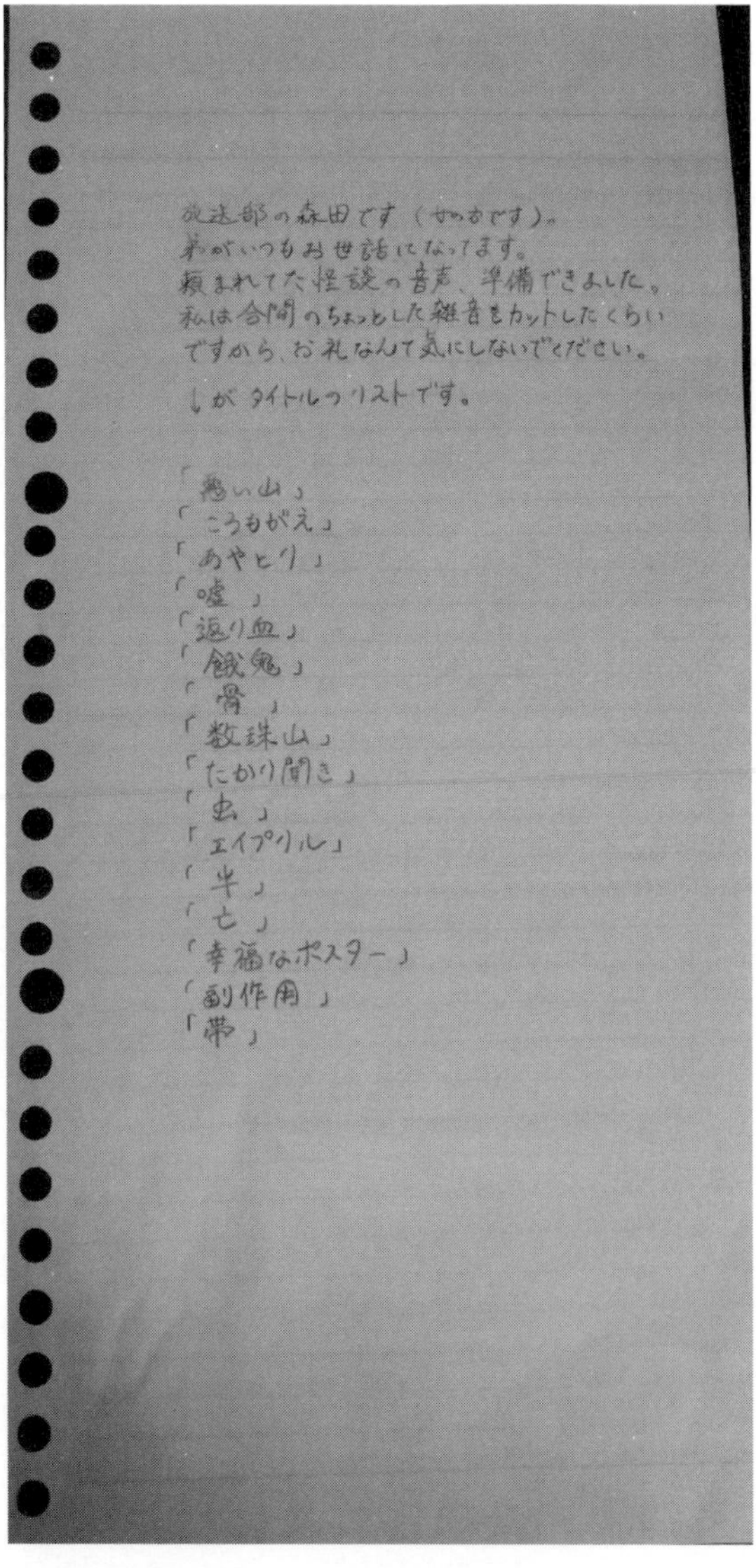

放送部の森田です（女の方です）。
弟がいつもお世話になってます。
頼まれてた怪談の音声、準備できました。
私は合間のちょっとした雑音をカットしたくらい
ですから、お礼なんて気にしないでください。
↓がタイトルのリストです。

「悪い山」
「こうもがえ」
「あやとり」
「嘘」
「返り血」
「餓鬼」
「骨」
「数珠山」
「たかり聞き」
「虫」
「エイプリル」
「半」
「七」
「幸福なポスター」
「副作用」
「帯」

当時のままだ。

当時の夜警もこれを手に取り、これを見て、そしてこのレコーダーの再生ボタンを押したのだ。

当時と同じ時間。当時とまるで同じ状況。

意味もなく、何度も背後を振り返る。

今入ってきたドアが、訳知り顔でこちらを見ていた。

越えてはいけない一線に、いましもにじり寄っているような気がする。

おそらくこれは市井の心霊企画にあるようなムードづくりの降霊会や、古びた呪術の再現で安直に禁忌を犯すようなものとは、やや毛色が違う。

霊を呼び出すわけでも、古来の呪法に頼るわけでもない。

ただ、ボイスレコーダーのボタンを押すだけ。

だが、本当に大丈夫なのだろうか。

夜が明ける頃、私もまた錯乱した状態で見つかるなどということは、本当にないのだろうか。

怖がりの性分からか、また冴えない脳みそに怖気《おじけ》の毒が回り始める。

いや、だめだ。

ここまでお膳立てが整っているのだ。むざむざそれを逃す手はない。乗りかかった船には大ぶりのひしゃくを持って飛び込むのが、怪談作家の本分ではないか。

風がまた鳴いた。闇に沈んだ窓の、すぐ向こうで。

卓上にボイスレコーダーを取り出す。

あるべき場所に戻ったそれは、どこか違った色味を帯びて見えた。

言い知れぬ不安を振り切るように、私は塗装の剝《は》げた再生ボタンを一度、押した。

【あるメールの文面】

ファイル形式を変える段階で全部確認しましたけど、こんなのを夜中のサークル棟で見たり聴いたりするなんて、私なら無理かな。女子ばっかり五人のサークルだし、みんな心霊耐性とかなさそうだから。来月当番の夜警の人たち、ちょっと同情しちゃいます。もちろん、怖いだけじゃなくて不思議な話だったり、突拍子もない話だったり、意外な話だったり、全体的にバラエティに富んでて面白いんですけど、でもやっぱり、暗いところじゃ無理。色々想像しちゃって。

会長の指示通り、データはすべて記録された順で、並べ替えていません。ありのままです。

だから最初のファイルも、会長が気に入ってたあれですよ。山のやつ。

確かタイトルは――

# 音声データ・1

# 「悪い山」

【器械体操部　戸山伸二】

子供の頃のおかしな思い出みたいなのって、誰しもひとつはあると思うんだけどさ。おれの場合、それがちょっと特殊なんだよね。

確か小学三年の頃だったから、もうかれこれ一〇年近く前のことかな。その頃おれには、ジュンとサクって友達がいてさ、何をするにもいつだって三人一緒だったんよ。昼飯はもちろん、学校の行き帰りも、初めて入ったゲーセンも同じとこ。今にして思えばたいして気が合うわけでもなかったんだけど、そのアンバランスなとこが逆に結束を強めてたんかな。

で、ある時ジュンのやつが、

「裏山に行くから付き合ってくれ」

って言い始めてさ。何やらワケありっぽい様子なんで問い詰めてみたら、

「こっそり飼ってた野良猫が死んじゃった。猫を埋めたいけど親にバレたくないから、二人に手伝ってほしい」

なんて頭下げるんだよね。あいつんち、母親が熱心な教育ママだったから、ペットなんて勉強の邪魔くらいにしか思ってなかったんだろうな。そのあたりを知ってる分、しおらしくしてるジュンが余計気の毒に思えてさ。おうよ、シャベルでも棺桶でも背負ってやるから任せろや、とか言って、夏休みのある日、三人で学校の裏山へ登ることになったんだ。

夕焼けが本当に燃えてんじゃないかってほど、暑い日だったのを覚えてるよ。

ジュンを先頭に、サク、おれの順で、焼けつくような坂道を登ってさ。誇張じゃなく、一歩踏み出すごとに汗がだらだら落ちるような日だった。目指すは山の上の動物霊園なんだけど、正直、後悔するレベルで暑かったな。

でも棺桶代わりのダンボールを抱えたジュンは、泣き言ひとつ言わないんだ。

エサやってただけの関係とはいえ、その猫によほど愛着が湧いてたんだろう。

おれも昔飼ってたウサギのこととか思い出しちゃってさ、軽口のひとつも叩けなかったよ。

で、小一時間も汗かいた頃だったかな。

ようやく目当ての動物霊園に着いて、ジュンがこっそり敷地のはしっこに猫を埋めたんだ。おれとサクは見張り役。ジュンのやつがどうしても箱の中身を見せたがらないもんだから、おれたちも無理には詮索しなかった。まあ、友達ってそういうもんだろ?

幸い誰かに見咎められることもなく、日が暮れる前には帰れるよな、って話になったんだけど……。

山ってのは不思議だよな。

そこで、霧が出始めたんだよ。

まだ完全に日が落ちてるわけでもないし、暑さだって昼のまんまなのにさ。

まるで雲が降りてきたんじゃないかってくらいの霧だったよ。

すぐそこにいるはずの二人すら、どこにいるのか判らないレベル。

「おい、どうする」

「迎えなしで山降りれっかなあ」

なんて頼りない会話も、どっか遠くのやつらとしてるような、そんな気がした。

まあそれでも、降りるしかないじゃん？　秘密の埋葬なんだから。

ここで大人を呼んじゃったら、全部バレるわけだからさ。

仕方なく、おれは率先して気合を入れたさ。

無鉄砲で通ってたおれがひとまず、一歩踏み出す。そしたら他の二人もおずおず付いてくるわけだ。

でもひどいんだよ。ほんの二、三歩で方向が判らなくなるんだ。なんだっけあの色……乳白色、っての？　あの白くどろっとした色のせいで、右も左も同じ景色なんだよ。

そしたら後ろから、声がしてさ。

「ガードレールに手を沿わせようよ」

なんて、笑いながら言うんだよ。なんだその小馬鹿にした言い方。いまのサクか？　まさかジュンじゃねえだろうな。なんてイラつきながらも、まあ、それがベストな選択なのは否定できなかった。

白一色の視界の中、手元に伸びる薄汚れたガードレールを頼りに、おれたちは一列で山道を下りたんだ。

そのまま半時間も歩いたかなあ。

ある瞬間。

どこまでも続く霧が、ふっ、と途切れるタイミングがあってさ。

一瞬、周りの景色が見えたんだ。

右手は崖みたいにくぼんだ森。そこへ落っこちないようにずーっと続くガードレール。

まずおれたちは互いの顔を確かめて、そこでなんとなく、ガードレールの方へ視線を向けたんだよ。

そして息を飲んだ。

来るときは緑一色だった道の片側に、
無数のカーブミラーが並んでるんだ。

ほら、オレンジの軸に、丸っこい鏡のついたあれ。道路とかでも見るだろ。あれが何本も、何本も、何本も、ずらーっと横一列になって、物言わずこっちを睨んでる。

サクのやつが「あれえ、来るときこんなんあったかあ？」なんて気の抜けた声を出してたが、おれは背筋が冷えてしょうがなかった。

だってカーブミラーってのは、文字通りカーブにあるもんだろ？　それがこんな開けた道に、それも立ち木のように乱立するなんて、どう考えてもおかしい。

でも何より不気味だったのがさ。

その鏡、全部逆なんだよ。

逆って言っても、左右じゃない。

上と下、つまり天地が逆に映ってんだ。

あんぐりと口を開けたおれも、鏡の中じゃ頭と足が見事にひっくり返ってる。

ああ、こりゃだめだと思ったよ。

こいつら鏡のふりした何かだ、って直感的に悟った。

慌ててジュンとサクを振り返ったら、二人もじっと鏡に見入ってる。

おれが見るな、って叫ぶのと、サクの情けない悲鳴が響くのがほぼ同時だった。

実はその鏡、もうひとつおかしなところがあったんだ。

ジュンだけ、普通に映ってんだよ。

あいつだけ、上も下もまともに映ってる。

こいつはお前らと違うんだ、って告発するみたいにさ。

そこから先は、あんま覚えてないなあ。

誰かが無言で駆け出して、
また霧が濃くなって、
白い迷路の中をでたらめに走って、走って、走って、気がついたら自分の家をぼんやりと見上げてたんだ。

ジュンとサクに電話かけたのも、その日の夜になってから。

サクは怯えきって話にならないし、ジュンは母親の方が電話に出て「あの子は風邪です」の一点張り。

おれ、どうしていいか分かんなくてさ。

夏休み明け、担任がジュンの転校を告げたときも、
サクがおれと一緒に帰るのを避けるようになったときも、
寂しいだとか、不気味だとか、そんな感情がまるで湧かなかったんだよね。

悪い山だよなあ。
男三人の友情をぶち壊してさ。
悪い山にいるあの鏡も、きっと悪いやつなんだよ。
無差別に人をおかしくしちまう、悪い鏡。

……そうじゃなきゃ、考えちまうだろ。
おれらとジュンとの違いは何だったんだろう、とか。
箱の中の猫がどんな死に方してたのか、とかさ。
だからこれは悪い山の、
悪い鏡の話なんだよ。

【アコースティック・ギター同好会　武田茉莉】

「ころもがえ」


私、家族で紅白見るのが苦手なんです。

親が結構「こんなやかましい歌の何がいいんね？」とか「こんな人たちが流行って、しょうもない」とか言っちゃう人で。親がそう評すたび、吐かれた悪評が胸の奥にずーんとわだかまる感じがしていやなんです。

今年はとうとう、それが耐えられなくなって……。大学で色々あったし、ストレスとかたまってたのかもしれません。とにかくその年は、親の小言が無理になったんです。

だから私、適当に理由をつけて、たまらずリビングを抜け出したんですよ。でもおばあちゃんの家だし、逃げ込める部屋もなくて。せめてみんなの集まるリビングから一番遠い部屋にいようと思って、北の端の仏間へ向かったんです。ご先祖様の仏壇がある部屋。

そしたらそこで、見ちゃったんですよ。

何ていうんだろ、つまり……「着替え」を。

といっても、人間の着替えじゃないですよ？

畳の匂いがする仏間をそっと開けたら、真っ暗な部屋にぼんやりとした赤い影がいくつも立ってたんです。輪郭がじわあって滲んだ、細長い影。

ひっ、って悲鳴を飲み込んだんですけど、影は身じろぎひとつしませんでした。

よく見るとその影、何かを脱いでいたんです。ほら、花びらが開くところを早回しにする映像、あるじゃないですか。理科の授業とかで観せられたような、あのぎこちない一連の動き。あれみたいに、影の表面の赤い皮がゆっくりと畳へ剝がれ落ちていくところでした。

「ご、ごめんなさい！」

思わず声を上げて跳びすさると、無数の影は一瞬ざわついた後、少しだけ奥へ寄りました。まるで私の分のスペースを空けてくれるみたいに。恐る恐る座ってみると、膝のところがすごく温かいんです。冷えた畳のはずなのに、大きな猫の背中に乗っているような、そんな感触がありました。

どれくらいそうしていたのかは判りません。

ふっ、と目を覚ますとリビングのソファで、母が私に毛布をかけてくれるところでした。紅白はもう終わっていて、母が「歯、磨いときなさい」と言いながら奥の引き戸へ向かいます。そちらは例の仏間へと続く廊下でした。

「だ、だめ！」

慌てて止める私に、母は唇の端を吊り上げて応えました。

「私は大丈夫」

母はほうきを手に取ると、ひと呼吸置いて廊下の暗がりに溶けていきます。そこで何となく解りました。そっか、だからうちは紅白をみんなで見てたのか、って。

口さがなく文句を言いながらも、この時間、この場所で、家族が飽きもせずひとかたまりになってるのはなぜだろう。確かにそう思ったことはあったんです。でも理由までは考えなかった。まさか別の「皆さん」のためだとは、普通思わないじゃないですか。

あの影、多分この土地の人なんだと思います。私のご先祖様って意味じゃなく、昭和の活気ある時代にここで暮らしてた人たち。あの頃の紅白はみんなで見るのが当たり前だったから「その合間に着替えを済まそう」って発想になったんじゃないでしょうか。そうすれば誰かに覗かれる心配もありませんから。

そして私たちもそれを知りながら、ずっと守ってきた。

お互いの時間、お互いの営みを。

なぜかあれ以来、母が一緒に見てるテレビをくさしても、何とも思わなくなりました。むしろ言い返してやるようになったくらい。だってそうでしょう？　私だってこの家の一員なんです。あの影が私たちの目を盗み、用事を済ます時間を稼いであげなきゃいけないんですから。

それがきっと「付き合い方」ってものなんだと思います。

【ボードゲーム同好会　司馬直子】

「あやとり」


私、この夏から医学部の実習で、ふもとの大学病院に出てるんですけどね。そこでちょっと、おかしな光景に出くわしたんです。

夕方の、人でごった返す待合室の端っこ。ちょうど病棟の廊下が交差する中心で、小さな女の子が駄々をこねてるんです。まだ若いお母さんの手を引いて、しきりに「あれだよ、いまのだよ」って泣きそうな顔で。

初めは、売店のおもちゃでも欲しがってるのかな、って思いました。でもその先は婦人科の病棟だし、コンビニも売店も別の階。子供が興味を惹かれるものなんてありません。

で、ひとまず助け舟を出すことにしたんです。どうしたのって話しかけると、その親子は見事に対照的な反応を示しました。お母さんはしきりに恐縮して、ずっとぺこぺこ頭を下げっぱなし。なんだかその子のことで、すごく謝り慣れてる感じでした。

一方の女の子は、お菓子でも差し出されたみたいにぱあっと目を輝かせて、

「病院のおねえさんなら、知り合いでしょ」

って笑うんです。

そして、廊下の奥を指差しました。少し暗がりになった、婦人科の突き当たりを。

「あのおじさんだあれ」

でも、廊下の奥には誰もいません。照明の消えたドアがいくつか並ぶきりで、なんだかすごく近寄りがたい雰囲気を放ってました。

だから「ごめん。私にもよくわかんないや」って苦笑いでごまかしたんですけど。

その子、急に低い声で、

「りょうてにいっぱい、あやとりのおじさんだよ」

そう言って、にたあって笑ったんです。

お母さんが慌ててその子の手を引くと、小走りに出口へ駆けていきました。

あとで聞くと、廊下の先、ちょうど女の子が指さしてたあたりに、旧病棟の産婦人科があったらしいんです。しかも一階の突き当たりは、へその緒と臍帯血《さいたいけつ》（へその緒を通る血液）を保管する小部屋だったそうで。

それ以来、なるべくあのあたりには近寄らないようにしてます。

【ソフトテニス部のOB　たまたま部室に寄ったので録音したとのこと】

「嘘」


なにこれ。おれも吹き込んでいいの？

じゃ一個だけ、実体験あるわ。

おれ、大学出た後しばらくニートしてたんだけどさ。地元じゃトップの高校出てたせいで、就職失敗したのを悟られたくなかったのよ。地元の後輩とかに。で、ＳＮＳではバリバリ働いてる先輩を演じなきゃいけなくなってさ。適当に上司の愚痴とか、今日職場でこんな騒動があった、とかをねつ造してたんだけど、やっぱだんだん苦しくなったわけ。

なんつーか、リアリティに欠けるのよ。

で、気付いたわけよ。

近所にサラリーマンが昼飯食いに来るだだっ広い公園があるんだけどさ、そうだ、そこでスーツ野郎の電話とか盗み聞きして書けばいいじゃん、って。んな努力いいからハロワ行けって意見もわかるけど、その時はそれしか生き甲斐なかったんよ。

思い立ったが吉日ってやつで、次の日からベンチに張り込んでさ。そばで弁当食ってるリーマンの電話に耳をすませば、これがザルよ。こっちに聞かせてんじゃねーかってくらいネタ集まんの。で、それをちまちま書いてたら、後輩のやつらもすっかり信じ込んでさ。その日からおれ、商社のエリート扱いよ。

したらある日、隣のベンチに若い兄ちゃんが腰かけてさ。パリッとしたスーツのイケメン。いかにも仕事できそうなやつ。これが飯も喰わずにスマホ耳に当てたから、早速ネタ集めがてら聞き耳を立ててた。そしたら最初の数分は普通にプレゼンの資料をどうのこうの言ってたんだけど、ある瞬間、急に黙りこくってさ。

え、と思ってその兄ちゃんの方をチラっと見たら、そいつ、おれの目をじっと見てんの。それも真顔で。

電話の向こうからはそいつの同僚が「おーい？」とか繰り返してるのが聞こえんだけどさ。無視しておれじっと見てんの。

その目がさ、ぽっかり空いた穴っていうか……空洞、なんだよね。感情も色つやも、なんにもないんだよ。

さすがに怖くなって、あ、あ、とかうろたえたら、そいつ、抑揚のない声で言ったんだ。

「みちでさされる」

「えっ？」

つい口に出したおれに、そいつは愉快そうな声でもう一度言った。

「みちでえ、さされるう」

その瞬間、イケメンは我に返ったように目をぱちくりさせてさ。

「あ、すいません。ぼーっとしてたみたいで……」とかうろたえてんの。

おれ、わけ分かんなくなって。足とかもつれながら家に帰って、奥の部屋でじーっと玄関見つめてたよ。なんか、来る気がしてさ。

だってあれ、そういうことだろ？

書けってことだよな？

おれがＳＮＳで作り出したエリートをさ、道で刺されて死んだことにしろって、そう言ってんだよな？

そしたら、次はどうなる？

おれがあいつの言うとおりに書いたら、次の展開は？

そう考えるだけで、身震いするほど怖かったのを覚えてるよ。

あの時イケメンの口を借りて、おれにそう促した何か……。

あいつも言わば、通り魔ってやつなのかな。

で、その日の夜に、おれはニートだったことを明かしたんだよ。会社も上司も全部デタラメだって。結構な数の後輩からは見放されたけど、それでも交流を続けてくれたやつに働きやすいバイトとか教えてもらって、今はなんとかやってる。

みんなも嘘はほどほどにな。何がノってくるか、分からんから。

「返り血」

【郷土史研究会　本山哲次】

もうかれこれ、一〇年近く前になるかなあ。僕がまだ、中学校に上がりたての頃なんですがね。家の者が買い物へ出払った隙に、敷地の裏手にある、小さな物置小屋に忍び込んだことがあるんですよ。まあ、小屋といっても、大したもんじゃありません。はた目にはオンボロの、たまにトタンの屋根が風にうるさく鳴ったりする、なんてことはない倉庫なんですがね。

なぜかそこ、入ってはいけないことになってたんですよ。

理由なんて解りません。うちは典型的な亭主関白型で、家族のルールは父の顔色ひとつで決まってたんですが、その父がとにかく倉庫を忌み嫌ってましてね。

あそこへ子供を入れるんじゃない、鍵はちゃんと閉めたのか、お前からも言い聞かせておけ、なんて、母にガミガミと釘を刺していたもんです。

父がそんな調子だし、何よりただの物置ですからね。さして関心が向くこともなく、その日まで在ることすら忘れていたくらいですよ。

それがあの日、あの時、あの瞬間。いくつもの偶然が不意に重なって、家に僕一人が取り残されたんです。それぞれがどんな理由で外出したのかなんて、もう覚えちゃいません。きっと大した用事じゃなかったんでしょう。ただあの時の底知れぬ興奮だけは、いまでも胸の奥に残ってますよ。

ついに入れる。

父がひた隠しにする秘密を、とうとう覗くことができるんだ、って。静まり返った家の中で、そんなことばかり考えてました。

のしかかるような曇り空の、ひどく薄暗い日だったのを覚えてます。

僕は倉庫の鍵を開け、そっと引き戸に手をかけました。扉は妙にがたついて、銀の縁取りは錆だらけ。ああ、最後に開けた日からもうずいぶん経ってるんだなあ、としみじみ思いましたよ。

中は四畳か、せいぜい三畳ほどの手狭な空間でした。

その一角に、書物机がありましてね。

その上には地図が載っていたんです。

古地図ですよ。動物の皮にいれずみを入れる要領で描かれた、年代物の地図。

見たこともない地図でした。

面白そうだと近づけば、それが不思議なんです。描いてある大陸が、まったく見たこともない形をしてるんですよ。アメリカでもユーラシアでもない、なんとも奇妙な形の図。そしてその周囲に、これまた解るような解らないような文字で、いくつもの絵や文章が躍るように書いてありました。

人のようで人じゃないもの。

花のようで花じゃないもの。

蜘蛛のようで蜘蛛じゃないもの。

そんな絵ばかりがね。

そんな不思議な絵巻の中に、ひとつ大きな人間のスケッチがありました。

まじまじ見つめていると、なんとなくそれが父に見えてくる。

ことさら小言を言い立てて、母をいじめる悪い父。

家にのさばり、全てを支配する父。

なぜでしょうね。

いまなら殺せる、と思ったんですよ。

私は台所へ取って返して、衝動的に包丁を取りました。

戸口へ足をぶつけるのも構わず、乗り込むように倉庫へ戻る。

あいつの首を切らなきゃ。

それで頭はいっぱいでした。

地図に向かい、覆いかぶさるようにして刃物を突き立てる。

父の首に、ぐいと食い込む感触がありました。

達成感のまま、横一文字に包丁を引きました。

するとね、鮮血が噴き出したんです。

初めは染み出すように、そして次の瞬間には、切った部分からとめどなく血が溢れました。

顔に、手に、胸に、生温かい鮮血を浴びて、それでも私は胸がすくような思いでした。

ついにやった。もう母はいじめられない、って。

徐々に視界が赤く染まり、鉄の匂いに吐き気がしました。

その時です。

後ろからすうっと、手が伸びてきたんですよ。

真っ白い手でした。

それが噴き出す血を受けて、私の顔に塗りたくるんです。

ぬちゃり、という感触が、頬にありました。

覚えているのはそこまで。

目覚めると寝室でね。とっさに服をあらためましたが、血なんてどこにも付いちゃいませんでした。

なんだ、夢か。ホッとしたような、でも少し惜しいような、そんな想いが胸の中にくすぶってましたよ。時計を見ると深夜も三時を回っていましてね。とすると、かれこれ一〇時間近く眠りこけていたことになる。

部屋を出て、寝静まった一階の様子をうかがいました。

下から、すすり泣きが聞こえたんです。

母が泣いてる。

それを父が、たしなめているようでした。

大丈夫、もうあいつは大丈夫だから、と。

私、どうしてもその前後が聞きたくってね。つと一歩踏み出しかけたんですが、こんどこそ取り返しのつかなくなるような気がして、引き返しましたよ。

それからというもの、何かがしっくりきたんです。

自分でも解りません。

ただ在るべきものが在るべき場所へ収まったような、そんな確信がありました。

思えば父と母が、私を一人前の男扱いし始めたのも、ちょうど同じ頃だったように思います。

倉庫はその翌年、父が黙って取り壊しました。

結局理由は、聞けずじまいでしたね。

# プロットと題されたテキスト・3

○6○

がたん、と音がした。

一時停止ボタンを押し、息を殺して周囲の様子に耳をすませる。

時刻は午前〇時三〇分。例の警備員は、まだ来ない。

モニターへ目をやる。入り口、階段、外廊下。
白く濁ったような画面には、何ら異状など見受けられない。
コンクリートの巨大な箱は、眠るように静まり返っている。
さっき響いた、あの音はなんだろう。
音の出処を探るほど、つい今しがた聞いていた話とどうしても結びついてしまう。
木材を取り落とすような音だった。
まるで立て付けの悪い倉庫の戸を力ずくで無理やり閉めるような、そんな音だった。

まさか。
私はペットボトルのコーヒーをひと口飲み、再び再生ボタンを押した。

# 音声データ・2

【食べ歩き愛好会　戸田花音】

「餓鬼」

霊感なんてないし、幽霊を見た経験どころかおそろしい体験もない人生だったんですけど、こんな私にも一度だけ不思議な経験がありました。もう三年前かな。バイト先の人間関係でうつをこじらせて、一日じゅう布団にくるまるだけだったあの頃。私、生まれて初めて「憑依」ってのを体験したんですよ。

うつになって初めて気付いたのが、無気力とネットの相性が良すぎること。その日も朝から寝転がって、天井を見てるんだかスマホを見てるんだか曖昧な状態でした。

自分だけが不自然で、他の全てが最適化されてるような、そんな感覚。

澄んだ水の上に、自分という汚い油が浮いてて、なんだかかわいそうだな、って。

だからその時は、泡になりたかったですね。泡なら、誰にも迷惑かけずに消えられるから。水を汚すことなく、初めからそこになかったのと同じで、ぱちんと全てが終わるから。

何度そんなことを考えたか分かりません。

また思考がループし始めたところで、

不意に、ぶーんって音がしたんです。

真冬だったし、まさか蚊じゃないよねと身を起こしました。

もうずっと掃除もしてない、埃まみれの部屋。

見回すとちょうど私の目線と同じ高さに、白く小さな塊がぷかぷか浮かんでます。それ、よく見るとハエなんですよ。でも普通のハエじゃない。身体の全体がシャボン玉みたく透明で、お腹がぷくーっと膨れた、綺麗なハエ。

え、新種？　幻覚？　とか混乱してると、そのハエがものすごい速さで口に飛び込んできました。思わず口を押さえたんですが、なぜか水を飲んだ時と同じ感覚があって。全然、不快な感じはしませんでした。しばらくそのままじっとしてたんですが、特に異状はなくて。比較的強い薬とか処方されてましたから、その副作用で見た夢なのかな、とか思い始めて……。

変化があったのは、その日の真夜中です。

灯りを点けたままうつらうつらとしていたら、突然……。

突然……。

猛烈にお米を食べたくなったんです！

ほんと、猛烈に！

ほかほかした白いお米を、口いっぱいに頬張りたい！　できればチンするご飯じゃなくて、炊きたてを食べたい！　適度に粘り気があって、それでいてほころぶようなお米を、はふはふしながら食べたい！　その欲求で頭がいっぱいになりました。

深夜だったから、コンビニしか開いてません。人に会うのがいやで外出は極力控えてたのに、脂ぎった髪もカサカサの顔も気にせず、私はコンビニへ急ぎました。パックのご飯しかなかったけど、いまはそれどころじゃない。買い物カゴに味付け海苔と、焼き鮭のパックと、お漬物を入れて、レジへ持っていきます。

あんなに遠く感じたコンビニも、レジも、一瞬でした。すぐに帰宅してご飯をレンジへ。プラスチックの容器はダメな気がして、長くしまったままのお茶碗を洗いました。そこへご飯を盛って、買い込んだおかずを少しずつ、のせていく。湯気がのぼりたつお米の上に鮭をのせて、そっとひと口。あんなに美味しいお米を食べたのは、初めてでした。あっという間にご飯がなくなって、次に猛烈な睡魔が襲ってきて。久しぶりにぐっすりと寝たら、自然と陽が差すうちに目が覚めました。するとその日から、漠然とした不安より先に「米食べたい」って感情が沸き起こるようになったんです。

何かを悩もうとするたび、まず米が頭に浮かぶ。今日のおかずは何にしよう、って思考が連鎖する。日々の行動が、全て米を中心に回り始めました。そんな人生はすごくシンプルで、何もかもが不安だった頃よりずっと軽やかでした。時間はかかりましたけど、そこから一年くらいで心の方は落ち着きましたね。

それが憑依なの、って感じでしょ？　でもこの話には後日談があって。

久しぶりに母に電話して分かったんですが、私が泡になりたいって思ってたあの時、実家では「施《せ》餓鬼《がき》」をやってたみたいなんです。餓鬼っていうハラペコの鬼を供養する儀式。近所の家では廃れましたけど、私の家だけは律儀に続けてて。

もしかするとあのハエ……そういうことなのかな、って思うんです。

ネットで調べたらあんまり良いことは書いてなかったけど、私、やっぱり餓鬼が悪いものだとは思えなくて。

私にとってはすごく綺麗なハエで、かけがえのない恩人なんです。

泡になりたかった私に、泡じゃ味わえない気持ちをくれた、大切な存在。

だから毎年、施餓鬼の時期には必ず帰省するって決めてます。

……この世に怪談はいくらでもありますけど、餓鬼に助けられたのって私くらいじゃないですかね。

さ、これで私の話はおしまい。怖い話じゃなくて申し訳ないですけど、私の唯一の不思議体験です。多分一生、忘れない思い出。


ということで、後輩諸君！

夜警室の戸棚に食堂の定食券置いとくから、ご飯いーっぱい食べなさい。

ひとサークル、五枚までね。

「骨」

【四輪駆動車研究会　岸田一成】

迷信、ってあるじゃん。

ほら、寝てる人をまたぐのは失礼とか、倒したホウキを越えるのは縁起が悪いとか。あれ、不思議なんだよなあ。おれも自動車の部品を集めてたりするからさ、例えば買ったばっかの工具を人にまたがれたらイラッとするのは解るんだよ。理解はできる。

でもやっぱ、踏むよりずっとマシでしょ。痛まないし、相手も気づかないんだから。

……まあ言ってしまえば、そういう話なんだけどさ。ちょっと長いんだけど、聞いてくれる？

おれ、この大学の裏山って初めてじゃないんだよ。六歳くらいかなあ。前の母親が自己啓発系の変なセミナーに凝っててさ、その一環で連れて来られたんだよね。デジタルに汚染された神経を、自然のまっただ中で浄化しよう、的な。といっても厳しい修行みたいなんはなくて、おれたち子供は森で遊んでただけ。

そんでおれ、せっかくだしこの森の端っこに行ってみようと思ったんだわ。今にして思えばひどい話だけど、大人はみんな変なハーブの調合に夢中で監視員もいない。だから冒険し放題。安全管理なんてあってないようなものさ。

調子に乗ったおれは一人、森の深い方へずんずんと歩いて行った。

次第にあたりは獣道みたいになってくる。ま、今なら怖いけど、そん時はただ楽しいだけだったよ。

しばらく進んだところで、道はふた手に分かれてた。一方は完全に茂みへ消えて、もう一方は小さな塚みたいなものにつながってる。塚っていってもジャングルジムくらいの大きさで、墓石とか、卒塔婆とかがあるわけじゃない。ただのこんもりした土の山で、全体がべちょっとした泥みたいなものに覆われてんだ。多分、粘土質の土をひたすら塗り重ねて作ったんだろうな。その表面には石を並べて、わけのわからん記号みたいなものがびっしりと描いてあった。

で、選択だ。

草むらに突っ込むか、ワクワクする塚の山か。

そりゃ塚の山、一択でしょ？　当然そうしたよ。

塚には穴が二つ空いててさ。トンネルみたく、一直線に通り抜けられるようになってた。

おれはうずうずしながら、穴のひとつに入ったんだ。

塚の中は空洞で、真っ暗だった。

外の光はおれの入ってきた穴と、その反対側にあるもうひとつの穴からしか入らない。だからすごく暗いんだ。

でもなぜか反対の穴からは、どこか人工的な光が差してた。それがウーンってエンジンみたいな音を出しながら、山の中心をぼんやりと照らし出してんだよ。

あれ、と思ったんだ。

なんで蛍光灯の灯りが入ってくるんだろう、って。

光の奇妙なのに気を取られて、おれは足元をよく見てなかった。

そこでおれ、つまずいたんだよ。

死骸に。

見たこともない、動物の死骸にさ。

最初は野良犬の骨があるのかと思った。足四本で頭がでかく、尻尾もあったから。でもすぐに違うと分かったよ。そいつの頭、人間と同じ形なんだ。いわゆる、ドクロ。あのまんま。なのに口の部分は犬や獣みたく、鋭い牙ばかりが並んでる。目のくぼみもおれの頭くらい大きくて、明らかに普通じゃなかった。

そこで初めて怖くなって、まじまじと全体の骨格を見たんだ。

頭は人間、牙は犬。不釣り合いなほど長い足には指がなく、背骨からは人間の手のひらみたいな骨がいくつも生えてた。尻尾の先にも小さな鼻と口があって、そっちは魚の頭に似てる。倒れた後に身体から剝がれ落ちたのか、ねっとりしたウロコが何枚も、何枚も、穴の人工的な光を浴びてキラキラ光ってたよ。

見ちゃいけないものを見た。

そんな気がしてさ。

震えながらすぐ引き返そうとしたところで、後ろから、

「おーい」

って男の声がした。

ああ、よかった。団体の人たちが捜しに来てくれたんだ。

おれは胸を撫で下ろして、叫んだ。

「こっち！」

すると、声は明らかに嬉しそうなトーンになった。

「そうかあ、こっちかあ」

「早く来て！　怖い動物が死んでる」

「そうかあ、こわいかあ」

でもなんでかな。直感で分かったんだよ。

声の主は人間じゃない。多分、この動物の仲間だって。

気配がした。

さっき通ってきた茂みが、がさがさっと、動いたんだ。

声の主が、もうすぐ後ろまで迫ってる。

引き返せない。だったら目の前に空いた、あの変な光の差す穴しか、道はない。

おれは意を決して、気持ち悪い動物の骨を思い切りまたいだ。

でも目測を間違えて、頭を踏んじまった。

その瞬間。

ぐちゃっ、て音がしてさ。おれも骨も土の山も、全てがどろどろになって、すり潰されるような感覚があったんだ。両目の視界が歪んで、おかしくなった。ほら、磁気でダメになったビデオみたいな感じだよ。上から下から圧力があって、真っ直ぐなものなんてなくなる。いっしょくたに混ざり合って、何もかもがひとつになる。おれも、骨も、ウロコも、光も、ねばっこい壁も、全部。

そしてどろどろの液体になったおれは、あの光差す穴の方へ吸い込まれていった。

ずるる、ずるる、ってすすり上げられるように。

何言ってるか分からないと思うけど、本当にそう感じたんだ。

助け出されたのは、その数時間後だった。

おれ、足の先まで泥まみれでさ。遊歩道を外れた先から滑落して、崖下の沢に身体の半分を浸《つ》けたまま気絶してたんだとか。医者の話だと、あと半日も身体を冷やしてたら危なかったらしい。母親は泣くし怒るし、例の団体は責任どうこうの話になって、そこから先はゴタゴタ続きだった。

それで終わりゃよかったんだがなあ。

後遺症があったんだよ。

あれ以来、魚の骨とかチキンの骨が捨てられてるの見ると、ダメなんだ。

頭がさ、勝手にイメージし始めるんだよね。

あの骨はどんな生き物だったのかな、って。指先の肉、足首の肉、ふとももの肉、付け根の肉……そうやって頭の中でちょっとずつ肉付けしていくと、すげえ吐き気がしてさ。また視界が少し、ぐねって歪む感じがあるんだ。

あの時と同じ感覚。

それもだんだん、酷くなってる。

いつか声まで聞こえ始めるんじゃないかって、そんな気がしてるよ。

あーあ。

きちんとまたげなかったから、こうなったのかねえ。

「数珠山」　【読み聞かせ研究会　河本正人】

いやあ、骨の話をしてくれた人にかぶせるわけじゃないんだけど。実はおれにも似たような話、あるんだよ。

おれのバイト先の同僚に、タクマってやつがいてさ。麻雀でメンツが欠けるたびに酒で釣って呼び出す男なんだけど、そいつが変わってるんだ。

数珠が怖いって言うんだよ。ほら、お葬式の時なんかに手でじゃらじゃらやる、あの数珠だよ。それで何となく理由を訊いたら「あの音がいやなんだ」って顔をしかめる。かちゃかちゃ軽快なあの音が、どうやってもまともに聞けないんだとさ。

な、変だろ？　だから他のメンツも興味持ってさ。なんか無理になったきっかけでもあるの、って訊いたんだ。そしたらタクマのやつ「多分トラウマみたいなものだと思う」とか言うんだよ。

だから麻雀そっちのけで聞き出してみたら、それがぶっ飛んだ話でさ。

小さい頃の、妙な思い出なんだとよ。多分お盆だか何だかで、母方のじいさんの家に帰省してたときのことだと思う、って言うんだ。

ある夜、タクマがふと目を覚ますと、足元の引き戸にじいさんの顔があった。戸口の隙からちょいと顔を出して、満面の笑みでこっちへ手招きしてる。

不思議に思ったそいつは、当然ながら「おじいちゃんなあに？」と声を出す。しかしじいさんは唇に人差し指を当て、厳しい表情でそれを振った。どうやら隣で寝てる両親は起こすなってことらしい。つまり秘密の夜ふかしだ。好奇心に駆られたタクマは、内心ほくそ笑みながらじいさんの元へ寄った。

じいさんはさも嬉しそうに孫を抱き寄せると、「内緒の冒険しよう」ってしばらく連れ歩いたそうだ。古風な、なんでもない普通の日本家屋だったとはいうものの、田舎の家ってのはとにかく広い。居間を抜け、縁側をめぐり、見慣れぬ裏庭をやり過ごして裏木戸の前に立った頃には、また眠気がきていた。

家の裏手は見上げんばかりの斜面になっていて、その先は緑一色の裏山だ。じいさんは懐中電灯を一度手渡して、戸のつっかえ棒を慎重に外す。そして興奮に震えるタクマに向き直った。

「タクはいい子だから、じいちゃんとの約束守れるか」

うん、と幾度も頷く孫に破顔して、じいさんは戸を開け放った。

むっとするような草いきれが、黒一色の長方形から吹き込んだ。山と、家と、塗りつぶしたような闇だけ。田舎の夜ってのは怖いんだ。じいさんはタクマを手招きすると、そんな闇のなかへ連れ出した。ためらいながらも一歩、また一歩と踏み出すと、目の前には草だらけの斜面。そこは裏山と家とのちょっとした境界になっていて、物置に入らなかった桶やら金物やらが、雑然と放り出されていたらしい。

じいさんはそこで、タクマに言う。

「いいかタク、じいちゃんの照らすとこだけじーっと見とけ。間違いがあっちゃいかんからな」

間違いってなあに？

タクマがそう訊こうとした矢先、頭上の山からがさがさと、何かの近づく音がした。

むっとするような獣の臭いが、一気に立ち込める。

するとじいさんは興奮気味に言ったそうだ。

来るぞ、さあ来るぞ。

思わず後ずさった拍子に、タクマの目の前へ何かが落ちてきた。

骨だ。

見たこともないような、真っ白の骨。

続けざまに、ひとむらの骨が次から次へと降ってくる。

骨の方は一顧だにせず、うあっと身を伏せるタクマをじいさんは目を細めて見下ろしてる。ほうら、来たろ、いっぱい来たろ、と言いながらね。

じいさんが懐中電灯で照らすそれを、タクマは覗き込んだ。

どう見ても、動物の骨じゃなかったそうだ。

あばらとか足とか頭とか、そんな見慣れたパーツがひとかたまりになった、骨の塊。部位と部位には継ぎ目もなく、元がどんな形なのか想像もつかない。

こんなとこから足なんて生えねえだろ、こんなとこから頭が出てこねえだろ、とか、そんなのばっかり。

しかもその骨、臭うんだとさ。

ついさっきまで肉がついてたようなすえた臭いがしたらしい。

だからタクマのやつ、妙に興味を惹かれたそうだ。

身を乗り出して、もっと見たくなった。

でもおかしなことに、なぜかじいさんの懐中電灯の光が微妙に焦点を外してる。タクマのやつはもっと細部まで見たかったのに、光の円は草むらを照らしてるんだ。

もっと真ん中に向けてよ、とか思ってたらしいけど、なぜかじいさんはそうしない。

だからタクマのやつ、そのいらだち込みで覚えてるって言うんだよ。ネガティブな感情の方が記憶に残りやすいって言うからな。

だから暗闇に目を凝らし、必死に見つめてると、横でカチャカチャって音がした。

見ればじいさんが、手に真っ白な数珠らしきものを持って熱心に拝んでる。口の中でぶつぶつ言いながら、生臭い骨の山に祈ってんだ。

そいつ、なぜかその瞬間ものすごく怖くなったらしくてさ。それまで見過ごしてきた違和感が、一気に襲ってきたんだと。

でも相手はじいさんだし、何か田舎の大切な儀式っていうか、風習みたいなものだとしたら、逆らうと叱られるかもしれない。そう思うときびすを返すのもためらわれたんだそうだ。しばらく顔を伏せてると、じいさんの文言がクリアに聞こえた。

じいさん、口の中でずーっと「ありがたや」って繰り返してんだ。

「ありがたやありがたや。タクマにおめぐみありがたや」

その文言の要所要所に「おめぐみ」って言葉が交じってたらしい。とすると目の前の、この骨がおめぐみか、と思ったその時。じいさんがタクマをぐいと引き寄せ、耳元で言ったそうだ。

「お前のぶんもすぐに作ってやるからな」って。

ふっ、と目が覚めると朝だったらしくてさ。頭の先から爪先まで、全身汗びっしょり。昨夜の「冒険」が夢だったのか、はたまた現実だったのかも判らない。

そうだ、じいさんに直接訊いてみようと立ち上がって、そのまま布団へ倒れ込んだ。四〇度を超える高熱だったそうだ。そこからお盆の間は寝てばかりで、ほとんど記憶にないんだという。

結局、担ぎ出されるようにして家へ帰り、体調は戻らずそのまま夏休みを棒に振った。じいさんにはあの夜のことを聞けずじまい。不思議なことに、それから母方の実家とは縁が切れたようになって、一度も帰省なんてしなかったらしい。そのうちじいさんは認知症がひどくなって、あっという間に施設入居。例の実家は空き家のまま、今でも山の中に放置されてるんだとさ。

で、つい最近のことだという。

年末のごたごたを片付けて久々に帰省すると、母親が笑い話のテイでこう言った。

「そういえば、お父さんからおかしな電話があったのよ」

お父さんってのは、もちろんあのじいさんのことだ。入居してる施設との取り次ぎは主に母親が務めてたんだが、ある日母親に、職員からこんな伝言があったそうだ。

「お父様が何かおっしゃりたいようなので、今から口元へお電話お持ちしますね」

そこでタクマは、なぜか全身に緊張が走ったらしい。

「じいちゃん、なんて?」

そのひと言が出るまでに、ずいぶん勇気が必要だった。

「それがねえ」母親は苦笑いのまま、こう続けた。「ほら、お父さん昔、建設業でバリバリ鳴らした人だったでしょう？　どうもあたしを上司かなにかと勘違いしてるみたい。必死に頼み込むような口調で『なしてわしがさきになりますか。みえたもんにせおわせたらいいやないですか』って繰り返すの。あんなになっても、昔の情熱みたいなものは残ってるのね」

結局、それがじいさんの最期の言葉になったらしい。あれよあれよと言う間に意識が薄れて、その週末には葬式を出すことになったんだそうだ。

「だからおれ、なんか数珠ってダメなんですよ」と、そいつは結ぶんだよ。

小さなもののカチャカチャと入り乱れる音を聞くと、脳内に一瞬懐中電灯の光がひらめいて、あの赤みがかった骨の山が克明に浮かび上がるんだ、と。

……で、さ。

話自体はここまでなんだが、おれ、ひとつだけどうしても気になって仕方ないことがあるんだよね。どうもそいつは何の違和感も持ってないみたいだから、ずっと黙ってたんだけど。

じいさんの遺した「みえたもんにせおわせたらいいやないですか」って言葉、つまりは「見えた者に背負わせたらいいじゃないですか」ってことだよな？

なあ、もしかしてじいさん、あの骨の山が見えてなかったんじゃないかな。

だから懐中電灯だってうまく照らせなかった。

だから骨の方は見向きもしなかった。好奇心に光る孫の目を見て、ほうら来たろ、来たろと確認するしかなかったんだ。

つまり、「みえたもん」はタクマのこと。

じゃあ、いったいあいつは何を背負わされる予定だったんだろうな。

それを考えるたび、どうにも背筋が寒くなるんだよ。

なんだかこの話には、過去とか因縁とか、そういう決して割り切れないたぐいのものが、いくつも数珠つなぎになってるような気がしてならないんだ。

もしそうなら、気づかせてやらないのもひとつの優しさだよな。

数珠だって見る角度に寄ってはしょせん珠がひとつつだろ？

その後ろに連綿と続く他の珠なんて、見えないほうがいいこともあるもんな。

ま、そういう話だよ。


（ここでがさり、と音がして、何やら女性の声がする）


「なにその紙束」

うわ先輩！

ちょ、急に話しかけないでくださいよ。

「それ確か、夜警のやつでしょ。あんた、怪談をわざわざ印刷して喋ってんの……？」

そ、そりゃ朗読一筋ですから。おれ、トークでアドリブなんて利きませんし。

「実は少し前から聴いてたんだけどさ、きみ硬いよ、言い回しが。あらかじめ文章にしちゃうからそうなるんじゃん？」

ダメ出しは後で聞きますって。まだ停止ボタン押してないんですから。てかレコーダー返してくださいよ。
「それに、怖い体験の後で気を失うところ、まんまひとつ前に吹き込んであった話と展開が同じじゃん。メリハリつけなきゃ、そこは」
だから待ってくださいよ。いったん録音切りますから、それ返して！
「あとさ。カチャカチャ言うのがダメなやつがさ、なんで冒頭で麻雀やってんの」

あ。

「まだまだお勉強だね」

（音声はここで途切れている）

「たかり聞き」

【ボランティアの会『くさのね』　野口優愛】


すごく短い話でもいいですか？

えっと、大学の西館のそばにミーティングハウスってあるじゃないですか。黒い二階建ての、会議室だけが入ってる建物。

実はボランティア系のサークルって、大学の認定課外活動とかいうカテゴリに入ってて、活動にちょくちょく支援が入るんです。だから私たちは、他の団体に優先してあそこを使えることになってるんですけど、うちだけはずっと使わないことにしてて……。

実はあるとき、変なことがあったんですよ。

私が院に入った頃だから、三年前かな。

いつもみたいにミーティングハウスで年間計画立てよう、って話になってたんですけど、私だけ先に着いちゃって。

仕方なく二階のテラスでジュース飲んでたら、いつの間にか、一階に人だかりができてたんです。

何となく見に行くと、誰かが倒れた、って話でした。

現場は一階奥の会議室。そこを取り巻くように、二重三重の人垣ができてました。

それがまたうるさくって。

みんな好き勝手に喋るものだから、あたりには噂話が乱れ飛んでるんですよ。

それが聞きたくもないのに、耳へなだれ込むんです。

「窓際の席に座ってた女の子が、倒れたんだって」

「貧血？」

「なんかあの部屋、雰囲気重いよな」

「倒れる前、なんか叫んでたって聞いたけど」

「おれも聞こえた。喧嘩じゃね？」

「違う違う。叫んだんじゃなくて、名前？　みたいなのを延々と言って、倒れたの」

「メンタルやられてたのかな」

「わかんない。窓の方を見て、すぐに倒れたらしいけど」

「窓？」

誰かが語尾を吊り上げたのと同時に、私のすぐ後ろで声がしました。


「ああ、鏡にしちゃったかあ」


すごく、冷たい声でした。

思わず振り返ったんですが、声のした方には誰もいません。

でもおかしいんです。

なぜかそこだけ、ぽっかりと空間ができてたんですよ。

声のしたところから、誰もが無意識に場所を空けた感じで。

はじめは、「みゆき」かと思ったんです。でも、サークル棟じゃあるまいし……。
私、なんだか気味悪くなっちゃって。
それ以来、ミーティングハウスには立ち寄っていません。

# プロットと題されたテキスト・4

「みゆき」……？

なぜかその文字列に異質なものを感じ取り、じっと瞑目する。

その時、けたたましい着信音が鳴った。

思わず肩を震わせ、深呼吸する。

画面に表示されたのは、K宮の名前だった。

「錯乱してます？」

まったく、開口一番これだ。私が無事を伝えると、彼はやや不満げにこう続けた。

「そういえば、職員の野口さんって方から、自分の番号を伝えておいてくれないかって言われてたの忘れてましてね。読み上げますから、メモっといてください」

野口……。そういえば、つい今しがた聴いた怪談の語り手がまさに同名の人物だったではないか。

仮に両者が同一人物だとすると、パニック事件の夜に再生された怪談が今ふたたび語り手のもとへ舞い戻ったことになる。なんとも因縁めいた話だ。

「野口さん、明日そちらへ向かうそうです。それまで無事だといいですね」

軽口を聞き流しながら、再びボイスレコーダーに向き直る。

「あ、そうだ」

そこでK宮が、思い出したように言った。

「その部屋、モニターってありますか？」

「はい」

確かに、部屋の隅には正方形の古びたモニター群が並んでいる。

「それ使っていいそうです。いまでも昼は学生警備員が監視用に使っているそうなので、問題なく動作するはずだって言ってました。パニック事件以降に禁じられたのはあくまで夜間利用ですから、その夜警室も昼間はまだまだ現役みたいなんですよ。だから撮影のためなら電源入れていいそうです。設定をいじるようなボタンは触らないでくださいとのことでした」

奥の機材に歩み寄り、試しに電源を入れてみる。四つあるモニターが、一斉に白い光を放ち、徐々に解像度が増した。立ち上がりに時間がかかる。どうやらずいぶんと古い型のようだ。

白くくすんだモニターには、先ほど警備員と別れた入り口、二階の階段踊り場、そして外廊下らしい通路が映し出されていた。

それぞれモニターの上部に手書きの表示が貼り付けられている。

ところがひとつだけ、点灯しないモニターがあった。

壊れているのかもしれない。

無遠慮にいじるのはためらわれ、そのままにして席へ戻った。

ぶーん、という駆動音が、室内の重い空気に加わった。

私はまた、ボイスレコーダーを手に取った。

しかしなぜだろう、駆動音が妙に耳につく。

私はカバンから愛用のイヤホンを取り出し、再生ボタンを押した。

【貼り紙らしき画像データ】

みゆきの首を絞めた男の特徴

中肉中背
身長はおそらく一六〇センチ程度
黒い上着を着用
午後一一時ごろ、サークル棟に入るのを目撃されている
備品室のラックから、何かを盗んだ
逃走の経路は不明

捜しています

どうかご協力ください

# 音声データ・3

# 「虫」

【伝統文化保全の会　園田美恵】

うちの母親、私がイヤホン着けてると怒るんです。
「なんで無視するの」って。
イヤホンしてるから当たり前でしょ、って反論すると、その日はずうっと不機嫌で……。
それでいて「話しかけないでね」って前置きしても、口の中でぶつぶつ文句言うんです。だから
いつも、イヤホンは片耳だけ。
でも少し前、その理由が解ったんですよ。知ってみれば簡単なことでした。それがちょっと不気
味でもあったので、ここに記録させてもらいますね。
母と思いっきり喧嘩した日のことです。お互い喉を嗄《か》らすくらい怒鳴り合って、母が高血圧の頭
痛で寝込んじゃった日。眉根を寄せたまま寝息を立てる姿をなんとなく見てたら、母の耳から「そ
れ」はするすると出てきたんです。
「それ」って言っても解らないですよね。じゃあこれならどうですか。「黄色と黒のしましまの、大
きな蜘蛛のおなか」
……イメージできました？　巣の中央に陣取って、可憐な蝶をゆうゆうと解体する女郎蜘蛛のお
腹。あれを中指くらいに細長くしたものが、母の耳からうねうねと出てきたんですよ。
それが出た瞬間の母の表情、すごく安らかで。ああ、これなんだ、って。厳格な家に縛り付けら

れ、義父母の視線でがんじがらめにされ、それでも文句ひとつ言わなかった母の構成要素は、これなんだって。母の見せた表情の変化で、私、なぜか確信したんですよ。

だから殺したんです。母のために。

てらてらと光る黄色と黒のシマ模様。誘うようにくねるそれを、何度も何度も踏み潰しました。頭の芯が麻痺したように、何度も。気づけば初めから何もいなかったように、畳を染め上げたそれの体液も消えていて。ただ足の裏に、ぐちょりというあの、断末魔のような感触だけが残っていました。

あの虫、何だったんでしょうね。お化け？　怪物？　ううん、私の考えは違います。あれはきっと、犠牲者のしるしなんですよ。頭の中で少しずつ形になる、被害者の証。

私の家、しきたりやら世間体やら揉め事ばかりで、昔から誰かが犠牲にならなきゃ成立しないところがあったんです。誰かが自我をぽいと捨て、家の機能に埋没しなきゃ家でいられなかった。

だから、家族は誰も心の奥深くでは解り合えなかったんです。

解り合えないってことは、つまり、犠牲者がいるってことでしょう？

これまでの犠牲者は母。かつては優しく、ひたむきで、私たちのために「母親」を演じ続けた母。でもどうにもならない不満の糸が、頭の中で少しずつ、少しずつ織り上げられていって、その内あれになったんでしょうね。

あの日以来、母は私にイヤホンを外せなんて小言は漏らさなくなりました。

なぜだか解ります？

そう口うるさく言わせてたのが、あれだったからですよ。いつか私に伝染るつもりで、両耳を塞いでいる私が気に入らなかったんでしょうね。母を使って避難先を確保しようなんて、こざかしいじゃないですか。

そんなことがあったから、私、準備をしてるんですよ。この家にいる限り、どうせ私の耳にもあれが芽生えるでしょう？　その時私の子供が同じように踏み潰してくれるよう、少しずつお膳立てを進めているんです。

だってつまらないんだもの。

犠牲者のない家が、こんなに退屈だなんて思わなかったから。

【創作料理研究会ＯＢ】

「エイプリル」

エイプリルフールといえば変な思い出があるんだけどさ。おれ、卒業後しばらくは就職決まんなくて、ちょっと隙間産業的なバイトをやってたのね。いわゆる「なんでも屋」っていう、まあ、文字通りの便利屋だわな。いつもは清掃とか草むしりを請け負うんだけど、なぜかある日、ビデオ編集の依頼が来たんだよ。

それが結婚式のビデオでさ。封筒には差出人の名前もなく、依頼内容を走り書きした紙と、前払いで金が五万も入ってたの。それが無造作に、事務所のポストへ突っ込んであったんだと。何か気味悪いっすね、って言い合ったんだけど、金もらった以上やるしかないじゃん。で、押し付け押し付けしあってるうちに、それがおれに回ってきたのよ。

おれなんて昔、ニコニコ動画にＭＡＤ動画とか上げてただけっすよ、って言ったら、上司がこれ幸いと押し付けてきてさ。久々にフリーの編集ソフト起動して、その日からビデオとにらめっこ。ＤＶＤに焼いたのも同封されてたから良かったようなものの、ビデオテープ単体だったらどうするつもりだったんだろうな。

で、その映像がさ。なんか気色悪かったんだよ。

いや内容自体はね、普通の結婚式の様子なんだわ。古い携帯か何かで撮ったのか、ちょっと色あせた小さめのフレームに新郎新婦が幸せそうにしててさ。そいつらの前には友達とか同僚とか、そんな連中がテーブルを囲んでんの。いたって普通。

キショいのは場面じゃなくて、言葉なんだよ。ビデオの頭で新郎が、「ミナミさんとどんな家庭を築きたいですか？」みたく話を振られるんだけどさ。そいつ、「子供は二人ほしかったです」とか、「職場の近くに家がほしいと思ってました」とか、全部過去形で話すんだよ。

おれも最初は聞き間違いかと思ったよ？　でも新郎のやつ、満面の笑みで、「このまま幸せになれると思ってました」

とかはっきり言っててさ。それだけでも悪趣味だってのに、周りの友人知人がやたら盛り上がるんだよ。新郎が過去形を使うたび、嬉しそうにおおとか、ああとか言ってんの。

そんなもんを何時間も見てたら、なんか、具合悪くなってきて……。依頼は「新郎が話してる部分以外を全て削除してくれ」って内容だったから、もう適当にぶちぶち切り落としていったわけよ。そしたら当然、おれは映像を最後まで見なきゃいけないわけで。

そのラストシーンってのが、また妙でさ。

新郎がいきなり、指輪した手をこっちに向けるんだよ。そして「今から証明してみせますね」ってカメラに一礼する。問題はその後。さっき新郎新婦の周りに、参列者が寄り集まってるって言ったじゃん？　あの友人だか知人だか親族だかって連中がさ、「始めるか」って感じで全員立ち上がるんだ。

そいつら、手に刃物持ってんだよね。長いの短いの、鋭いの鈍いの。とにかく色々。子供なんてあの、刃の折れるカッターナイフとか握っててさ。そいつらが全員、新郎新婦に一歩にじり寄るところで唐突に終わってたんだ。おれ、もうどうしていいか分かんなくてさ。とりあえず映像を出力して、チェックもせずに上司へ送ったよ。メールの文面には「このビデオ大丈夫じゃないかもしれないっす」とか添えて。でもそれ以後、上司は依頼主についてなーんも明かさなかった。

で、三、四年後のエイプリルフールだったかなあ。

当然そんなバイト辞めて、普通にサラリーマンやってたんだけどさ。ある夜いつもどおり帰ったら、ポストに封筒が突っ込んであったんだよ。白地に金の縁取りがしてある、結婚式の招待状みたいな。おれゾッとしてさ。普段かけないチェーンも、窓の鍵も全部かけて、部屋で封を解いたんだ。中にはカードが一枚と、変な形の金属が入ってた。金属の方は知恵の輪っぽい形。小さな輪っかを8の字にくねらせた、みたいな。全体は銀色なんだけど内側と外側で微妙に色が違う。なぜかその輪っか、少し温かかったよ。

で、同封されたカードの文面は、

「共犯おつかれさまでした」

あいつだ。あの依頼主だ、って思ってさ。当時の上司とかに当たってみたんだけど、そもそも連絡つかなくて。すぐそのアパート引っ越して、今はオートロック付きのちゃんとしたとこ住んでるよ。おかしなやつに付きまとわれちゃ、かなわんからな。タチの悪いいたずらならそれでよし。実害さえ出なきゃ、波風立てる必要もないんだから。

……けどさ。

なんかこの一件、全部ねじれてるような気がしてならないんだよね。ビデオも、依頼も、感謝状も。全部何かがねじれてる。多分それを突きつけるために、依頼主はこれを寄越したんだよな。この8の字の金属を。

（からん、と何かがテーブルに転がる音）

これ、やっぱりさ。あの時の指輪だよな。新郎がはめてた、証明の指輪。

だとするとさ、そいつにものすごい熱を加えて、わざわざおれに送りつける理由って何だろうな。

……わからん。わかるつもりもねえ。多分わかるようにできてないんだよ。知恵の輪のくせに、外れる未来を想定してない。だから気色悪いんだ、これ。

おれ、この話だけは絶対に嘘であってほしいと思ってる。悪趣味なやつが仕掛けた、エイプリルフールのいたずらであってほしい。


じゃなきゃ、さ。


内側と外側で色が違うってことは、さ。

変形するまで熱されてるあいだ、誰かがこれをはめてたってことになるだろ。

それだけはいやなんだよ。

【公営ギャンブル研究会　寺田誠】

「半」


これ、人に話すの初めてなんだけどさ。

おれの三つ上の先輩に、マズさんて人がいたの。学生のくせにギャンブルで借金ヤバくて、飲まず食わずでバイトしまくってるからマズさん。もうパッと見、ジジイかよってくらい老けててさ、肋骨とか浮いてガリッガリなのよ。しかも額にでっかいできものがあって、大仏とかホトケとか呼ばれてた時期もあるくらい、ビジュアルは強烈な人。

当然学費も払えないから、ほぼ退学前提で籍だけ置いてる感じだったんだけどさ。去年の五月くらいだったかな。そのマズさんとおれに、飲み仲間ができたのね。

ショウさんって人で、S条（K市中部の歓楽街）のホストなんだけどさ。これがめっちゃ金持ってんのよ。なんでもハタチで水商売の世界に飛び込んで、こつこつ四天王まで上り詰めた人らしくてさ。中途半端にモラトリアムしてるおれらなんかより、ずっと世間知ってんだわ。だから話も面白くってさ。飲み屋で水割り一杯飲み干す間に、時間も忘れて聴き入っちゃうんだよ。

いやあ、初めてホストにのめりこむ女の気持ちがわかったね。もちろん顔も良いしさ。彫刻みたいな、男でもずっと見てられる顔。で、なぜかショウさんの方でもおれとマズさんを気に入ったみたいでさ、たまにマンションに呼んでくれるようになったんだよ。わかる？　ほら、駅向こうの高級マンション街。あそこのタワマンに、がりがりのヨガ行者みたいな先輩と、きったねえロン毛野郎のおれとでさ、酒持って通うようになったんだよ。わけわかんねえだろ。おれもだよ。

ショウさんの部屋は最上階の角部屋だった。もうスイートルームみたいな部屋でさ、すごいんだ。壁も床もつるっつる。灯りなんてシャンデリアみたいなのがぶら下がってて、ほとんど別世界だったよ。

ただひとつ、妙なところがあってさ。

タワマンって言っても、ドアの構造は他のやつとそう大差ないわけだ。ただのドアなんだから。のっぺりしたクリーム色の扉に、覗き穴がひとつ。でもタワマンの場合、一階のエントランスで来客とのやり取りはほぼすべて完結するから、覗き穴なんて飾りみたいなもんなわけ。つまり普段使うことは滅多にない。

でもショウさん、なぜかその覗き穴に、テープを一枚貼ってんだよ。

ほら、断線しかけたコードに巻いたりする、黒いテープあるだろ？　つるつるした手触りの丈夫なやつ。あれを貼ってんの。しかもその貼り方ってのが奇妙でさ、穴の面積をちょうど二等分するように、右半分だけ貼ってんだ。


おれもほら、デリカシーとかない人間だからさ。これなんすか、って普通に訊いちゃったんだよ。そしたらショウさんにしちゃ珍しく、やけに歯切れの悪い返答でさ。

「うん、まあ、ちょっとな」

あ、なんかあるな、って一発でわかったね。こりゃ女絡みだ、って。例えば昔色々あってこじれた女がさ、せめて自分のいた証拠を残したくて、覗き穴のガラスにちょいとイニシャルを彫って行った、とかさ。あるじゃん、そういうの。だからおれもマズさんも、それ以上は追及しなかった。変なところで地雷踏みたくないしさ。

で、通い始めて二ヶ月くらい経った頃かな。

いつもみたく三人で飲んだ後、おれだけがふっと目を覚ましたんだよ。時計を見たらもう、夜中の三時。その日はショウさんが妙に引き止めるもんだから、調子に乗って意識飛ぶくらい飲んじまってさ。そのせいだろうな。他の二人を揺すってみたが、ぴくりとも動く気配がねえんだ。朝までいるのはさすがに悪いと思ったが、いくら枯れ木みたいなナリでも、マズさん一人背負って帰る自信はない。とりあえずミネラルウオーターでも漁ろうと、おれは真っ暗なキッチンの方へ向かったんだ。

リビングを抜けると、その先は真っ暗な闇の中に沈んでた。酒で気が大きくなってるはずなのに、ちょっと足がすくんだのを覚えてるよ。で、冷蔵庫の光を頼りにそろりそろりと通路を進んでった。

そしたら真後ろの、玄関で。

ノックの音がしたんだよ。

おれ、さすがに聞き間違いかと思ってさ。だってそうだろ。一階からインターホン鳴らすならまだしも、直接タワマンのドア叩くやつはいないさ。それも夜中の三時だぞ？　常識的にはありえねえ。

でも何せ、その時は酒入ってたからなあ。なるほど、同じ階に深い仲の女でもいんのかなあ、とか馬鹿なこと考えたんだよ。馬鹿だろ、おれ。で、さらに救いのないのがさ、ショウさんってどんな女と付き合ってんだろう、とか好奇心起こしちゃったんだよ。馬鹿だからさ。

で、そのまま抜き足差し足。玄関ドアのすぐ真ん前までやってきた。

あたりは真っ暗。廊下から漏れる薄い光が、ドアの下から入り込んでた。

ドアの向こうには息遣い、っての？ 誰か立ってる気配がする。

おれは迷わず、そっと覗き穴に右目を当てたんだ。とんでもない美人がいるのを期待して。

男が立ってた。

スーツ着た、普通の男。

四十代くらいで、ちょっと髪薄くて。

視線はこころもち上、ドアってより天井の方をぼんやりと見てる。

そいつの顔。その左半分が、ぴったりテープで隠されてんだよ。

覗き穴に貼られた、あのテープ。あれがちょうど男の身体を縦半分、きれいに二等分してるわけ。

どういうこった、まさかこのために貼ってんのか、とか色々頭ん中で考えてさ。次のアクションを迷ってると、おれは気づいた。

男が動かねえんだ。

目もまぶたも肩も胸も、置物みたいにぴくりともしねえ。おれ、そこで初めて気づいたよ。ありえないもの見てるんだろうな、って。

とりあえずショウさんを起こそう、って一歩後ずさろうとしたら、なぜか身体が動かない。床と一体化して固まったみたいに、ぴくりともしないんだ。

あ、やべぇと思った時、男の方が動いた。

視線も体勢も崩さないまま、ずずず、って少し右にずれたんだ。

だからテープで隠れてた部分が、ほんの少しだけあらわになった。

それを見ておれ、思わず叫んだよ。

尻もちついて、這うようにリビングまで行って、寝てるショウさんに取りすがった。

あの、あの、外にヤバいのがいて、とか喚き散らすおれに、ショウさんは目をこすりながら言ったんだ。

「それくらい見えたうちに入んねえよ」

せせら笑うような、見下すような、そんな表情だった。

結局ショウさんは寝直すし、マズさんは起きないし、おれ、気が気じゃなくって……。朝までイヤホンで耳塞いで、意味もなくお笑いの動画とかループしたよ。ノックの音だけは、もう聞きたくなかったんだ。

それ以来、なんとなく行きづらくなっちゃってさ。いつもみたく誘われても、レポートだとか発表だとか理由つけて、断るようになった。おれ抜きにしてマズさんとの関係は続いてたみたいだけど、あんな思いはもう、ごめんだったね。

マズさんがバイト先に姿を見せなくなったのは、その半年くらい後だった。

病気したのか、夜逃げしたのか、それともついに地下の奴隷部屋送りにでもなったのか、そのあたりは一切わからねえ。

ただ、もうこの世にはいない気がしてならないんだよ。

これも、人に話すの初めてなんだけどさ……。
あの夜、半分の男が少しだけ身体をずらしたとき。
あいつの額に、大きなできものが見えたんだよね。
縦で半分に断ち切られた、浅黒いできもの。
大仏って呼ばれてたマズさんと、全く同じ位置だった。
もしかするとさ。
テープで見えなかったあいつの半分って、マズさんだったんじゃないかな。
いや、それが何を意味するのかなんて、おれにもわからないんだけどさ。
とにかくおれには、マズさんがとても無事とは……思えないんだよ。

「亡」　【剣道部　桐生孝義】

高校の頃、おれの同級生にすげえ荒れてたやつがいましてね。自分より強い男にしか絡まない、昔カタギの不良っつーか、時代錯誤な正統派のツッパリっつーか。

面白いのがそいつ、ある言葉にアレルギーがあるんですよ。

なんて言葉だと思います？

……「死」ですよ。だから不良のくせに「死ね」って言えないんです。

どうしても理由が気になって、ある日訊いてみたんですよ。そしたら珍しく神妙な顔で「誰にも言うなよ」と口止めして語り始めました。中学の頃の、盆休みの話だそうです。長期休みってのは、当時の不良にとって大事な時期でね。地元に他の勢力が越境してくるから、防衛戦よろしく縄張り争いが激化するんですよ。今思えば、とんだ陣取りごっこですがね。

その日も例に漏れず、そいつは存分によそのグループとやり合って、血まみれで家へ帰ったんだそうです。

そして真夜中。胸騒ぎがしてふと目覚めると、あいつのそばに男がいたっていうんですよ。

見た目はごくごく平凡なサラリーマン。ねずみ色のジャケットを着て、小脇には書類カバンまで抱えてる。

さっきの連中が報復に来たんだと思ったあいつは、「誰だてめぇ死にてぇのか？」と凄んだ。その迫力たるや、鬼も裸足で逃げ出すほどですよ。ええ、当時を知ってるおれが言うんだから、間違いありません。

ところがその男、ニタァと笑ってこう言うんだそうです。

「にひゃくじゅうごー」

あいつはキレました。

「ああ？　どっから入った？　死んどくか？」

そこでまた、男は目を光らせて言ったんだそうです。

「にひゃくじゅうよーん」

数が減ってる。それも多分、「死」って言葉を使うたびに。そこで初めて、あいつは酷い悪寒に襲われました。男の発する言葉。数を差し引くその声が、大好きだったおばあちゃんの声なんだそうです。小さい頃に亡くなったおばあちゃんが、無理やり数を言わされてる。そんな確信があったといいます。

恐怖で押し黙ったあいつのそばを、男は退屈そうにすり抜けて消えました。音もなく、影もなく。しかし男の痕跡は確かに残っていました。執念深さを暗示するように、煙たく不快なタバコの臭いが、しばらく和室から消えなかったそうです。語り終えたあいつは暗い表情のまま、独り言のようにこう付け加えました。

「ばあちゃんの声、すごくつらそうだった。病気の痛みに耐えてた時より、ずっと苦しそうで……。なんとかおれを助けたいけど、ただ数えることしかできない、そんな悲しみがこもってた。

……あと二一三回。いや、あと二一四回か？　このままおれが性懲りもなく、それを口にし続けたら、ばあちゃんはどうなるんだろうな」

それ以来あいつ、「死」って言葉を使わなくなりました。もともと変に素直なところがありましたからね。その代わり「てめえ亡くなっとくか？　あぁ!?」って凄むもんで、他のグループの連中は首をかしげてましたけど。今じゃすっかり落ち着いて、おれと同じく師範にしごかれる毎日ですよ。

でもおれ、思うんです。

あいつがその後いくつの死を消費したのかは分かりませんが、それ、カウントされてなさそうだなって。

謎の男、暗闇、おばあさんの声。どれもあいつの弱点なんですよ。それが一夜にオン・パレードなんて、妙にできすぎてる。

「数」と「声」だけであいつを更生させるなんて、狂犬のばあさんはひと味違う……。

どうもそんな気がしませんか？

「幸福なポスター」　【漫画研究会・西園寺晴彦】

おれ、夜間生なんでサークル棟の勝手がよく分からないんですけど、あれでしょ。『みゆき』とかっていう女の子に怯えてんでしょ、みんな。まあ、おれは幽霊より断然ヒトの方が怖い派。いわゆるリアリストってやつね。

……でも実は一回だけ、みゆきっぽいのを見たことがあるんですよ。

去年のちょうど今頃。同窓会のパーティーが学内で開かれて、社長やってる卒業生とかが大勢つめかけるもんだから、イスとかテーブルとかを運ぶバイトの人員が募集されてたんですよ。で、応募したらあっさり受かって。

その日は早朝から、サークル棟の備品室と本館のパーティー会場を行ったり来たりしてたんですけどね。

何往復目だったかな。備品室の床に、火の用心のポスターが落ちてたんですよ。

備品室の中については、みんなの方が詳しいでしょ。引き戸を開けたら長細いスペースがまっすぐ伸びてて、右側にはうずたかく積まれた机、イス、机、イス……。ほとんど機能してない窓は火の用心のポスターで塞がれてるもんだから、昼間っからやけに薄暗い、あの部屋ですよ。

そんなポスターの内の一枚が、べろんと剝がれて床に落ちてる。四隅の両面テープでも劣化したのかと思いきや、おかしいんだ。それ、ピンで留められてるんですよ。針の長い、ポスター用のピン。確かに窓枠の部分は木製だから、ぐさっとやっちまえばおいそれとは剝がれない。なのにそいつは綺麗にピンだけが抜け落ちて、床に転がってるんです。ちょうど今しがた、そこへ捨て置いたばかり、って感じで。

他に誰もいなかったから、なんとなく寒気がしてね。慌ててポスターを留め直すと、すぐに作業へ戻りましたよ。

で、宴もたけなわ。パーティーの終了後、今度は逆に会場へ設置した無数の備品を、ひたすら例の部屋に戻すんです。サークル棟の担当はおれだけだったから、そこからが大変でした。一心不乱に詰めては帰り詰めては帰り……。ランナーズ・ハイみたいにだんだんと脳幹がしびれてきた、ある時。

また、ポスターが落ちてるんです。高校生くらいの女の子が、ぎこちなく微笑む。大判のポスター。やっぱりピンが抜け落ちて、ころころと床に半円の軌道を描いてる。

あ、この状況ヤバいな、って直感しました。

その時、パリって音が窓の方から聞こえて。おれ、無意識に顔上げたんですよ。

そしたらちょうど、ポスターが剝がれ落ちるところでした。

見れば、ポスターの真ん中がぷっくりと膨らんでてね。

ポスターの後ろ、窓の方から、誰かが手を当ててるんです。

手は中央で微笑む女の子の目と口を摑んで、無理やりぐうっと絞りました。それに合わせてポスターの顔が、苦しみ喘ぐようにゆがむんです。

すると、口が。

薄く開いたその口が、それ以上舌も歯も見せるはずないのに、大きく開かれて。

オォオオォオォオオォオオオオォ
そう苦しげにうなりました。

おれ、腰抜かしながら部屋を出たんです。

机もイスも投げ出して、よろめきながらあちこちに身体ぶつけて、それでも必死に廊下を走って。

後のことは、あんま覚えてません。

ただ後ろで、ぱさ、っていう、あのポスターが床に落ちる音だけが一度、聞こえてました。

あれも『みゆき』なんですかね。

苦しい目に遭ったから、笑ってる女の子が許せないんですかね。

自分と同じ顔でいろよ、って。

そんなやり場のない恨みを、あれにぶつけてるんですかね。


……だったらなんであんなものサークル棟に貼ってるんですか？

いつ許せるようになるか、それを見定めるため？

それとも自分たちに被害が及ばないよう、あのポスターの子をおとりにしてんの？

あんたら、知ってるんでしょ。

それだけでも、教えてくださいよ。

【学内放課後児童クラブ『黒塚ガーデン』代表　森村絵里】

「副作用」


私、少し前まで駅前のケーキ屋さんで働いてたんですけどね。

今年のバレンタイン・フェアで、ちょっとおかしなことがあったんですよ。

駅前って聞いただけでピンときた人もいると思うんですけど、うちの店、バレンタイン週間を盛大にやることで有名なんです。

昨年も連日、お客さんが長蛇の列で詰めかけて。

店長、それに気を良くしちゃったのか、今年はもっと客層を厚くする、とかずいぶん息巻いてたんですよ。

で、バイト仲間と「なに企んでるんだろうねー」って話してて。

ある朝出勤してみたら、店の前にチョコ作ってる女の子がいたんです。

あ、もちろん本物じゃないですよ。フリルのついたエプロンにコック帽を品よく傾けた、はっとするような美少女の等身大パネルです。

それを示して、店長が誇らしげに言うんですよ。

いいだろう、すごいだろう。これは地元のなんとか、っていうアイドル・グループとコラボしたもので、たまたま運営会社に同級生がいたから、特注で作ってもらえたんだ、って。この子はグループでも特に人気のメンバーだというし、さぞかし新しい客層を開拓できるに違いない、道行くファンが飛んで火に入るなんとやらだよ、って。

店長、すごく上機嫌でした。

でもバイトの間では、そのパネル、ちょっと不評で……。

あ、不評っていっても、取り合わせが悪いとか、見栄えが悪いとかそういうことじゃないんです。

なんて言うんだろ……。

的確な表現かどうかは判らないんですが、たまに「ぐしゃっ」てなるんですよ。その子。

例えば私がレジに立ってるとするでしょう？

すると視界の端にその子がギリギリ映る角度なんですけど、その輪郭がたまにぐしゃっ、て崩れるんです。

え、こわ！　って見直すと、パネルはちゃんとそこにある。そんなことが、一日に何度もあって。

するとある日店長から、そのパネルに吹き出しをつけてくれって頼まれたんです。

ほら、私が保育士志望で、ペーパークラフトとかポップの作成とか得意なの知ってたみたいで。

でも、なんとなく気が進まないなーとか思いつつ店長に付いてったら、なぜかそのパネル、店の奥に移動させられてて、腕にスカーフとか巻かれてるんですよ。

それで私、訊いたんです。もうしまっちゃうんですか、って。

すると店長、気まずそうにその子の腕を指さして、

「変なやつがいたずらしてったみたいでさあ」

なんて言いながらスカーフを外したんです。

腕には、穴がいっぱい空いてました。

注射の痕です。

ちょうどひじの上のほう、私たちが予防接種とか打つ場所に、びっしりと。

私、全身に鳥肌が立っちゃって。

だって、普通じゃないでしょう？

いくら可愛い女の子のパネルだからって、そんな……。

「いたずらだと思うし、新しいの発注したら費用も馬鹿にならないからさ。この部分が隠れるように、セリフの吹き出しを貼り付けてくれないかな」

苦笑混じりの店長の声も、どこか遠くに聞こえたんです。素材買って、家帰って、部屋でセリフを考えてるあいだも、あの腕の穴……ぽつぽつと空いた無数の穴が、妙に頭から離れませんでした。

パネルの子が現場に復帰したのは、その翌日。不自然なくらい大きな吹き出しを、腕一本が隠れるくらいに貼り付けてあげた日のことです。もうどこにも「治療」を施せないように。

幸いなことに、それきりいたずらは止みました。

でもなんだか私、気が気じゃなくて……。

漠然と、まだ終わらないような気がしたんです。

で、フェアの終わったある日、店に電話が一本かかってきました。

たまたまレジに立っていた私が、何の気なしに取ってみると、

「ゆびのきんはしにましたか」

声の主はそう言って、期待を込めたように沈黙しました。

機械で無理に合成したような、不揃いな声。

ひと言も返さず、すぐに切りました。

そこでようやく気づいたんです。

私、あの子の経過観察をさせられてたんだ、って。

お店を辞めたのは、そのすぐ後。

あのパネルが、バレンタイン以降も店先に置かれることになったからです。

なんだかもう、あの子を視界に入れるのもいやになっちゃって……。

変な確信があったんですよ。

あのパネルの子は紙でも人でもない、全く別の何かになりかわってしまったんだ、って。

先日店の前を通ったら、あのパネル、まだ店先にありましたよ。

今度のクリスマス・フェアへ向けて、すっぽりと黒いマントを着けてました。

結局、注射じゃ足りなかったんでしょうね。

# 「帯」

【ロボット工学研究会　増田准一】

おれ教育学部だから、春の教育実習で地元の小学校に行ったんだけどさ。そこで一緒になったやつが、ちょっと変わってたんだよね。線の細いイケメンで性格も柔らかいから、教師生徒を問わず人気があったんだけど、徘徊癖っての？　夜中むやみと歩き回る人だったんだよ。

まあ徘徊といってもそう酷いもんじゃなくてね。真夜中に近所をぐるーっとめぐる程度だったそうなんだけど、ある時偶然そいつを見かけたら、片手に何か持ってる。ピンク色の、目にも鮮やかなマスキングテープ。こっちは飲み屋の帰りで気が大きくなってたし、気の迷いでそいつのあとを尾《つ》けたんだ。

そいつ、昼間と変わらぬスーツ姿のままでね。とっぷりと暮れた郊外の田舎道を、慣れた足取りでどこまでも歩いてく。しまいにはこっちが疲れてきちゃって、こりゃあもう付き合ってられねえなときびすを返しかけたところで、そいつがピタっと立ち止まった。だだっ広い二車線の道路にかかる、もの寂しい陸橋の上。

なんとなく話しかけるタイミングを逸してね。死角からこっそり様子をうかがってると、そいつ、手すりにテープで何かを巻き始めたんだよ。

転落防止用のフェンスは言うまでもなく公共物だし、器物損壊には違いない。こりゃどうかしてるぜ、と息巻いて、おれはそいつに声かけた。なにやってんだ、って。

そいつは一瞬目を見開くと、すぐにはにかむような笑顔を見せたよ。それがいたずらを見つかった子供のような顔でね。まるでよくあることだと言わんばかりに、スラックスの裾をはたいて立ち上がる。

「お前に見られたか」

警察じゃなくてよかったな、なんて言い返してやると、そいつはまた微笑んだ。

フェンスの格子に留められてたのは、変わった形の人形だった。目の粗い薄布でできた、小さなテルテルボウズみたいなの。大きな首の他には手足もなく、不格好な頭からは帯のようなものが二本、風になびいて垂れている。

「なんだいこりゃ、マーキングか？」

そうからかってやると、そいつは妙に真剣な表情で言ったんだ。「焦点だよ」って。

焦点？　ぽかんとするおれが可笑《おか》しかったんだろうな。あいつはいつもの好青年らしい立ち振舞いからは想像できない表情——ひどく煩わしげな態度で、こんなことを語り始めたんだ。

「信じてもらえないとは思うけど、生まれつき僕には距離が分かるんだよ。『いいもの』や『わるいもの』にピントの合う、正確な距離がね。これは霊感とか神通力とか、そんな胡散臭《うさんくさ》い話じゃない。嗅覚や触覚と同じ、ただ知覚として備わってるみたいなんだ。使いようのない、脳感覚のガラクタさ。

なあ、考えてみたことはないか？　どうして幽霊を捕まえたってやつが一人もいないんだろう、って。これだけ科学技術の進歩した現代に、猫の霊一匹捕まらないなんておかしな話じゃないか。ビデオに映る、写真に写る、肩を叩くし、人さえ殺す。なのにどうしてやつらは捕まらない？

僕はその理由を知ってる。やつらはずっとずっと遠くにいるんだよ。視えない壁をいくつも隔てた、決して触れられない世界にいる。だから本来、僕らと交わることなんて有り得ないはずなんだ。でも難儀なことに、やつらの輪郭がくっきりと像を結んでしまう『点』が、この世界のあちこちにあるのさ。

僕はそれを焦点と呼んでる。文字通り、ピントの合う場所だからね。ネットの動画なんて見てると可笑しいよ。事故物件だの忌み地だの、心霊スポットだのと騒いでる連中は、みな焦点の上で小躍りしてるだけなんだから。害を及ぼす本体はそんなとこにはいない。ただピントが合ってるだけ。だから僕に言わせりゃ、除霊なんてインチキは何の意味もないのさ。悪夢がいやならベッドをずらせばいいんだ。距離が離れりゃピントが狂う、するとやつらの輪郭がぼやける。それだけで悪影響なんて無くなるのにね」

ひと息にそうまくし立てると、そいつは試すような視線でおれを見て、こう続けた。

「お前には教えとくよ。黒い人形が『いいもの』、ピンクのやつが『わるいもの』。このクソッタレな恩恵へのささやかな反抗でね。僕は焦点に身代わりを巻いてるんだ。気が塞いだら黒いトコへ来ればいい。少しは癒やしになるだろう。世間に嫌気がさしたらピンクをたどれよ。手軽に自分を痛めつけられるさ。

……じゃあな」

あいつはひらひらと手を振って、立ち尽くすおれを置き去りにした。ピンクの人形がぬるい風にあおられて、手招きするようにひらひらとなびいたよ。

それが今年の、春先のこと。

あいつはそれ以来、実習には出てこなかった。

あれから数ヶ月。結局おれは日常のせわしさに気を取られ、あいつの言葉なんてすぐに忘れちまった。いつもの日差し、いつもの帰り道、いつものフェンスに、いつもの人形。

あれは変わらずそこにあって、今日もそしらぬ顔で風になびいてる。

それでもひとつ変化があったよ。人形の手前に花束が置かれたんだ。赤いリボンが巻かれた、小さな花束。花のそばにはお菓子があったよ。雨に打たれてもいたまないよう、ラップの袋に包んだお菓子。

なあ。

おれは決してお前の話を信じたわけじゃないけどさ。お前がまだこの世界のどこかにいて、まだいっちょ前に自分の能力を呪ってんなら、ひとつだけ教えてくれよ。

なんで「わるいもの」をピンクにしたんだ?

なんで「わるいもの」を鮮やかな色にしたんだ?

なんで、子供の興味を惹く色にしたんだ?

おれにはその点だけが、どうにもぼんやりとして分からないんだよ。

# プロットと題されたテキスト・5

そこでしばらく無音がつづき、あれ、と思った。

一時停止ボタンを押す。

伸びをして、室内を見回した。

外は墨をなすったような暗色で、何も見えない。大学の方ならまだ外灯があるだろうが、こちらは山側だ。人工的な薄明かりひとつ見えやしない。

室内の電灯に誘われたものか、窓の端に大きな蛾が一羽、羽を休めていた。羽にうがたれた目が、私を見ている。注意深く、私の動向を見張っていた。

すすけたコンクリートの匂い。そしてまばゆいモニター。

画面には絵画のように外の光景が映っている。いずれも変化に乏しい。ひとつだけ欠けたモニターは、相変わらず能面のように静止したままだ。この建物にはいま、私一人。その事実が改めて実感をともない、両肩が薄ら寒く感じた。

今一度、手元のレコーダーをいじる。

しかしどうしたことだろう。音声はこれで終わりじゃないはずだ。起動後に表示される総ファイル数と照らし合わせればまだ何話かあるはずだが、いっこう再生されない。

そこでリストをめくり直し、気づいた。

よくよく見れば手書きのリストの方も、縦半分に切り取られた跡がある。ハサミの、波打つような痕跡だ。ルーズリーフは縦に折られ、タイトルの列挙が左端から始まっているということは、やがて行を替え、右半分にも何らかの表題が並んでいたことになる。

それがなぜ、意図的に分割されたのだろうか。

そこで例の印刷されたメールの文面を改めて見返すと、ある一文に違和感を覚えた。

――こんなのを夜中のサークル棟で見たり聴いたりするなんて、私なら無理かな。

見たり？

録音機で収集された怪談は音声だから、「聴いたり」という部分なら分かる。

しかし「見たり」と視覚的な可能性が示唆されているのはなぜだろう。

少なくともいままでの音声に、何か視覚的な要素が付与されている様子はなかった。添付された写真や見取り図など、二次的な資料を伴う怪談もなかったはずだ。

もしかすると、ここに？

私はまた、例の青いファイルをためらいがちにめくった。

このサークル棟で集団パニック事件が発生した当時の、生きた記録である。中には夜警日誌という、各巡回時間に異変の有無を書き留めておくページまであった。

その合間に、参考資料として雑多な紙片が挟み込まれていた。

ぱらぱらとめくりながら、例の三〇日の記録を探す。

案外労せず、それは見つかった。

当日の夜警日誌だ。

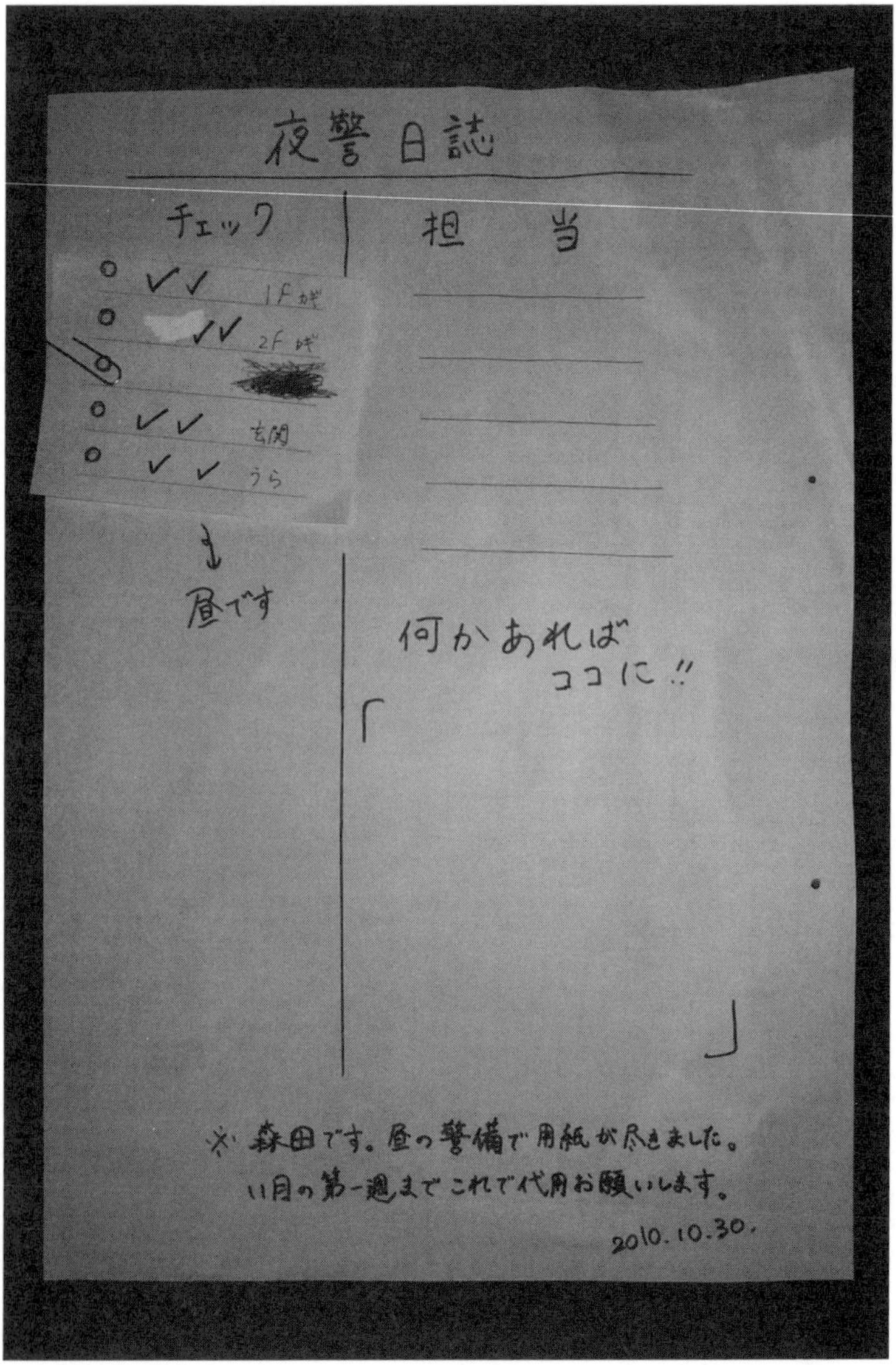
夜警日誌
チェック
担当
1Fかぎ
2Fかぎ
玄関
うら
昼です
何かあれば
ココに!!
※森田です。昼の警備で用紙が尽きました。
11月の第一週までこれで代用お願いします。
2010.10.30.

しかしこの一枚を除いて、他の項目はすべてが白紙のままだった。

思えば集団ヒステリーは、夜警のさなかに突如発生したのだ。記録がほとんど白紙に近いのは、無理もない。

さらにページをめくると、メールの文面をそのままスクリーンショットしたようなざらついた紙片が滑り出た。

メールの日付は九月一三日。まだ夜警企画のために彼らが怪談を集めていた頃だ。

メールを検索

**(件名なし)**

2010/09/13 11:21　From: [redacted]@[redacted].jp

テレビ民放研究会の織田なんですけど、例の企画に使っていいのは音声のみですか?
とにかく夜警を怖がらせれば優勝って話なら、動画ネタが一個あるんですけど。
あ、心霊系です。
参加資格認めてくれるんなら、初解禁でお蔵出ししますww
織田

---

2010/09/13 12:32　from:noguchi@kqu.jp

自治会、野口です。動画の件ですが、検討します。

でも動画データをどこに保存してどう閲覧するかが問題ですね。利用者全員から募集する手前、ウイルスとか怖いし。

野口

---

2010/09/13 12:44　from: [redacted]@[redacted].jp

夜警室のノーパソ、大学院から払い下げてもらったきりで使ってないのがひとつあるじゃないですか。ほら、フタのとこにでっかくゼットが書いてあるやつ。

あれでどうですか?

ほぼ使い捨て状態でしょ?

どうせオフラインだから、他に影響しないし。

織田

---

2010/09/13 12:32　from:noguchi@kqu.jp

わかりました。

夜警室にPCを設置しておくので、USBメモリかなにかで動画を移しておいてください。データチェックして、問題なければ自由に閲覧していいことにします。

でも念のため、ダウンロードやコピーは禁止ということで。

野口

メールを検索

**件名：音声以外のデータの件**

2010/09/30 21:58　from: [redacted]@[redacted].jp

森田です。動画と画像のチェック、終わりました。

これで六月の供出金がタダになるなら、お安い御用ですよ。

でもすごいですね。夜警のみんなを怖がらせたい、って気持ちがエスカレートして、動画や心霊写真まで集まり始めるなんて。

ほんと、来月の担当日がなくてよかった。

指示通り、動作チェックも例のパソコン上でおこなって、データは持ち出してません。以前工学部でも院生の持ち込んだゲームのせいで大変なことになりましたから、そのへんはバッチリです。だけど最初の動画、大丈夫なんですか？

これ、織田くんの言うとおりなら放送されなかったガチなやつですよね？

いいのかな。

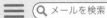

ざらついた事務机の一端へ、視線を移す。

天板と直角部分を合わせるようにして、ノートパソコンが一台置かれていた。

背面には銀色の浮き字で、『ZACH』のロゴ。間違いない、彼らが動画を収めたのはこれだ。

彼らはエスカレートした。音声だけでは飽き足らず、夜警の面々を怖がらせるべく、動画や写真まで持ち寄るようになった。


そして、あの事件が起きた。


私は意を決して、トップカバーを上げた。

休止状態だったのか、すぐさま画面に光が灯る。

フォルダはひとつしかなかった。

【夜警】

と題されたそのフォルダを開く。

※注意事項
投稿された夜警企画用のファイルを、それぞれをフォルダごとに分類しています。
通し番号の「1」から順に見ていってください。ファイルはひとつとは限りません。
心霊写真？　とかもあるので、苦手な方は閲覧注意です。

放送部・森田

※注意事項・追記

もはや言うまでもないことですが、念のため追記します。
先輩方のご指摘通り、早速異変が顕れました。
本通達以後、「みゆき」にまつわる話を決して吹き込まないでください。
みゆきの写真、みゆきの声、みゆきの足音。
いずれも記録してはなりません。
あれが首を絞められて、
油絵研究会が開かずの間になって、
あれがサークル棟をさまよい始めてから、
全てが変わりました。
はじまりとおわりをひとつにして、
なにもかも終わらせましょう。
西園寺くんのご冥福をお祈り申し上げします。

『夜警』フォルダ

1

動画「指女」

【テレビ民放研究会の織田より提供された、インターネット番組の一部。彼のバイト先である映像制作会社で編集されたもの。アーカイブ放送からは以下の部分が全てカットされている】

（真っ黒な画面。

その背後に黄色い笑い声が時折、漏れ聞こえる。画面の明度が調整されるにつれ、音声もいっそうクリアになる。この間、十数秒。やがて画面の底部には、カラフルなテロップらしきものがおぼろげに映し出される）

【ご当地アイドル大集合！　夏のマジヤバ怪談50連発！】

（ひな壇のように組まれた、簡素なスタジオ。段違いになった席に、十代の少女がそれぞれ複数着席している。下段中央の少女が、少しはにかみながら口火を切った）


ごめんなさい、話の流れぶった切っちゃって悪いんですけど、私もひとついいですか。

私、心霊体験ってほんといっこしかないんですよ。いっこだけ。猫も杓子も心霊体験持ってますけど、私いっこ。

「いいから話せよ」

（ひな壇の対角に設けられたブースから、司会者らしい茶髪の中年男性二人組が口を挟む）

あの、メンバーと『けもの聖・少女』のＰＶでＫ市のホテルに泊まった時の話なんですけど……。

その日、振り入れから撮影までのスケジュールが押しに押して、解放されたのが夜の……八時?

「九時過ぎじゃなかった?」

(右隣の少女が思案顔で言った)

あそか九時か。とにかく、普通じゃあり得ないくらい押したんですね。それでみんなくたくただったんですけど、私、なぜか逆にめっちゃテンション上がっちゃって!

「なんでだよ」

多分あの、あれです。ニトロ……グリセリン? ニュートリ……ノ? あれが頭の中にすごい出てて、寝ようにも寝れなくなったんですよ。

「テロでも企ててたのか」「なに?」「アドレナリンじゃない?」

それ!

で、夜ふかしはメンバーも同じだったみたいで。

「それで済ますなよ」「横文字苦手すぎるやろ」

リンとアヤカが撮影後、みんなをお茶会に誘ってくれたんですよ。今からお茶しなーい? って。

「そんな言い方してない」

そんで、次の日が夕方からだったんで、夜の一時くらいまでアヤカの部屋で一杯やってたんですね。

「お茶、お茶!」「お茶をな?」「お茶ですよ?」

で、えんもたけなわ? そろそろ自分の部屋帰ろ、ってなって。とことこーって部屋まで行って。

お、お……オートロック?

「いいぞ」「よく言えた」

あれでガチャってドア開けたんですね。で、そのホテルって結構ビジネスホテル寄りっていうか。ほんと素泊まり専用って感じのとこでー。

「結構手狭な感じだったよね」

そうそう。奥にベッドがでん、と置かれてる部屋があって、そこまで細い廊下が一本って感じの。そういう部屋だったんですね。

で、こっからは全部私視点。

「はあ？」

（中年の司会者が、全員の疑問を代弁するように振る）

えっと、私の見方？　つまり、私の感じたままを話すんですけど。

「うん、とりあえず言うてみ」

私、なぜか自分の部屋のドアの前に立った時から、寝なきゃ、寝なきゃ、ベッド行かなきゃって突き動かされるような感じがあって。自分で手足を動かしてる感覚がなかったんですよ。ふわふわしてるっていうか。それだけ疲れてたってことなんでしょうけど。

想像してもらっていいですか。

いま私、ドア開けて玄関にいるんです。電気消して出たから、部屋は真っ暗。真っ暗は怖いからいやなのに、なぜか私、そのまま部屋に入ったんですよ。

内鍵かけて、
靴からスリッパに履き替えて、

少し先も見えない廊下をぼーっと歩いて、狭いから身体を横にしながら歩いていって、そのまままっすぐベッドに飛び込んだんです。だからいま、こう……うつぶせの状態ですよね。足はベッドの端からはみ出してるのか、スリッパがぽとん、と脱げ落ちる感覚があって。あ、拾わなきゃ。またアヤカにだらしないって怒られる、とか思ったんですけど、動けないんですよ。

「動けない?」

はい。動けないんです。手も足も、指一本すら動かせないんです。なんていうんだっけ、これ。

「……金縛り?」

そう、それ! で、全身に力入れても動けなくて。

「疲れてる時になるっていうからね」「せやなあ」

そう、私たちだいぶ疲れてたから。それで、ああ、動けないなー。じゃあこのまま寝ててもアヤカは怒らないなーとか思ってたら、頭の中で、勝手に映像が再生され始めたんですよ。

「つまり、夢ってこと?」

ううん、夢じゃないんです。視界はベッドの……頭がつっかえるところの、板? あれがめいっぱいに映ってて目も動かせないんですけど、それとは別に、頭の中でくっきりイメージが浮かんだっていうか。説明しづらいですけど。

「二画面で動画とか観てる感じ?」

うーん……違うけど一番近いかも。

で、頭に浮かんだ映像の内容っていうのが、ここへ来るまでの私の視界なんですよ。ほら、最近よくある、銃で撃ち合うゲームみたいな感じです。主観視点ってやつですか？　頭の横に小さなカメラをつけてたとして、この数分間にそれが録画した映像を、強制的に見せられてる、みたいな。
その映像、まずはアヤカの顔を映してるんです。きょとんとしたアヤカが「大丈夫？」ってこっち見てて。私が「おっけー」とか言いながらぐるん、って振り返るんです。そのままアヤカの部屋のドアノブを見て、回して、開けて、薄暗い廊下に出て、緑色に浮かび上がる非常口の表示を見て、ふらーっと廊下を歩いて、歩いて、歩いて、歩いて、自分の部屋の前に来るんです。
なぜかそこでしばらくじーっとドアを見つめて、私、ゆっくりとノブに手をかけました。
「ほんで？」
てことは。
いま。
私、ドアを開けて玄関にいるんです。電気消して出たから、部屋は真っ暗。真っ暗は怖いからいやなのに、なぜか私、そのまま部屋に入ったんですよ。
内鍵かけて、
靴からスリッパに履き替えて、
少し先も見えない廊下をぼーっと歩いて、
途中で女の人がいて、
狭いから身体を横にしながら歩いていって、
そのまままっすぐベッドに飛び込んだんです。

「え」

「いま」

「リオ、いまのって」

あれ。

あれれ。

そうだ。

私、女の人よけたんだ。

部屋の通路に立ってたから。

身体を少し横にして、そばをすり抜けたんだった。

なんでこんな大事なこと忘れてたんだろう。

女の人、若くて綺麗な人でした。

にんまり笑ってて、栗色の髪で、首をぐっと横に傾けてて、よだれみたいに舌が出て。そばを通る私の顔を、息がかかるくらいの距離でじーっと見つめて。ちゃんと挨拶すればよかったなあ。部屋に独りじゃ寂しいからアヤカの誘いに乗ったんですけど、逆にこの人を独りにしちゃったなあ。悪いことしたなあ。悪いことしたなあ。悪いことしたなあ。悪いことしたなあ。悪いことしたなあ。

「ん?」

「ちょっと、リオ?」

「おい」

そんなふうに反省してたら、目の端で何かが動いたんですよ。ほら、さっきも言った通り視界はベッドのヘッドボードをたっぷりと見つめたまま動かないんですけど、ボードの端っこ、ちょうど右目の一番すみっこのところから、何かがちろちろちろって出てきたんです。
よく見るとそれ、人の指なんですよ。
でもただの指じゃないんです。その指、歩いてるんです。ほら、人差し指と中指の二本を交互に動かして、歩いてる人間を表現することって可能じゃないですか。それが視界の端からゆっくり、ゆっくり、ふらふら、ふらふら、って、私の目と鼻の先へ向けて歩いてくるんです。真っ白で、すごく綺麗な手。私、あの女の人の手だってすぐに判りました。見つめてる内にすごく楽しくなってきて。
ゆっくり、ゆっくり、ふらふら、ふらふら。なんかあの日の私みたい。そりゃアヤカも大丈夫？　って顔しますよね。あははは。
ふと気がつくと、朝でした。ポケットのスマホがぴりぴり鳴ってました。朝ご飯に出てこない私を、アヤカとヒヨが心配してくれたんです。すぐに部屋を出て、朝ご飯に行くことにしました。メンバーを心配させるのは悪いことだから。
「おう……」
ベッドから起きて、
落ちたスリッパを拾って、
廊下を歩いて、
狭いから途中で身体を横にして、
靴に履き替えて、

目が合って、
内鍵開けて、
ドアを閉めて、
鍵かけて、
「リオ、やめて」
ゆっくり、ゆっくり、ふらふら、ふらふら。朝ご飯はあの人の分も食べなきゃいけないから、いつもの私じゃ考えられないくらいいっぱい食べました。あの人は動けないから。私が食べてあげないと。それで、また、
部屋に帰って、
ドア開けて、
スリッパに履き替えて、
「リオ、もうやめて」
(右隣の少女が声を上げて、しばらくの沈黙ののち、MCを務めるお笑い芸人が停滞した空気を打ち払うように大笑《たいしょう》する)
「めっちゃ怖い！　出た方がええで、怪談大会みたいなん」
ほんとですか！　でも私これ一本しかないから、トーナメントだったら全部これやるしかない。
「再放送するしかないんや」
ほんとこれだけ。心霊体験って本当にこれだけなんです！
「わかった、わかったから。でも語り口が真に迫りすぎてて怖いわ。リオのキャラに合ってへんな」

えー。裏じゃ結構ちゃんとシリアスなキャラですよ私。めっちゃマジメ。

「嘘つけ」

少しの間を置いて、まばらな笑いが起こる。

（MCが次の企画内容を説明するあいだ、リオと呼ばれる語り手の女性が、話を遮った右隣のメンバーをじっと見つめるところで映像は途切れている）

【関連記事　あるアイドルファンのブログより】

以下は編集部が、本書のための取材中、偶然発見した記事のアーカイブである。

アイドルNo.0326

## ぽっぷんマイスター

楽園から派遣された「しあわせ工房の職人たち」というコンセプトで福岡を中心に活動していた。そもそも九州流工大学のアイドル研究会が前身で、全メンバーが現役の芸大生だったため、やや盛り気味の設定もあながち間違いではない。

■主な活動期間
2004年6月8日〜2012年5月19日

■キャッチコピー
「業界まるごと改造中！」

■経歴
2004年6月　滝田莉緒　かなで彩香　北条ミトらで結成
2005年2月　北条ミトが大学中退のため卒業
2006年5月　馬場日和　音無りん　田中遊里が新入生として顔見せ
2006年6月　西片山大学で初の学外ライブ
2006年8月　『どるふぇすナイン』『地下っていうなし祭り』にライブ参加
2007年6月　いちご豊作祭りでの懺悔パフォーマンスがネット上で話題になり、2007年を代表するハプニング動画として拡散される。元動画は20万再生を達成。(現在では400万再生を超えている)

2008年1月　老舗芸能プロダクションである合同会社アメン堂がプロデュースに名乗りを上げ、本格的に学外デビュー。ファンは「お得意」、運営は「工房」と言い換えるなど、よりコンセプトに忠実なグループへと生まれ変わった。
2009年1月　ファーストシングル『ゆけつって素晴らしい』発表
2009年3月　ファーストシングル『ゆけつって素晴らしい』PV公開
2010年2月　セカンドシングル『けもの聖・少女』発表
2010年2月　セカンドシングル『けもの聖・少女』PV公開
2010年8月　『ご当地アイドル大集合！　夏のマジヤバ怪談５０連発！』『アイドルと、ただ壺を見よう』『うちのPV流してくだせえ〜シャッター商店街編〜』などのネット番組に次々と出演。
2010年11月　地元の第八穴武高校学園祭にて凱旋公演
2011年7月　まばら緑地での七タイベント
2011年10月　メンバーの滝田莉緒が合宿中に事故で入院。そのまま活動休止へ。休止期間が半年以上に及び、のちにブログで経緯の説明がなされ、合宿先のセミナーハウスで誤って右手の指二本を切断してしまったことなどを公表。本人が既に地元へ帰省していること、指は手術でも再建できず、実家でリハビリに励んでいることなどが運営によって公表された。
滝田莉緒、10月30日に卒業を発表。

2011年12月　音無りん卒業。方向性の違い。
2012年1月　馬場日和活動休止。精神的な負担。
2012年2月　田中遊里活動休止。病気療養。
2012年4月　人気メンバーだった、かなで彩香が卒業。ブログで「このグループは変わってしまった。もうあの子の代わりができなくなった」などと意味深長な言葉を残し、突如卒業を発表した。同日にブログ閉鎖。

2012年5月19日
ひっそりと解散を発表。もともと知る人ぞ知るアイドル・グループから、西日本を代表するアイドルの一角に名乗りを上げたにもかかわらず、急転直下の解散劇に戸惑うファンも多かった。
しかし工房こと運営からは滝田莉緒卒業以降の経緯についてはほとんど説明がなされず、根深い確執や内紛があったのでは？ との噂も絶えない。

※下記のリンク**「話さえぎった、メンバーにらむ、はい不仲確定　→　お得意くんあのさぁ……」**参照

現在では運営のSNSなども全て削除され、メンバーのその後については知るすべもない。

2　手書き便箋のスキャン画像「あだかみ」

【医学部生（匿名希望）より提供・親類の蔵から発見されたものだという】

前略
園田さんは「あだかみ」って聞いたことありますか。私が初めて耳にしたのは、大分県の山奥でね。もう何十年前のことかな。医者をやってる叔父が「急患なのに運転手が捕まらない」と請うもんで、たまたま私が寂しい村まで送り届けた時のことですよ。迎えに出た家族が切羽詰まった様子で言うんです。

「あだかみさんがいらしてる」って。

まるで産気づいた妊婦でもいるような慌てようでね。それを聞いて叔父も、これは戦時中に片足をやられたんだが、その片足を必死にかばいながら走るんだ。でも不思議なことに、みんな本宅じゃなく畑の方へ走ってく。見れば畑と本宅のあいだには、横倒しにした網戸で封がされていてね、家の者は不安そうに畑の方をうかがってる。全くおかしな光景でしょう?

ははあ、こりゃよほど暴れる患者なんだなと思って見れば、叔父は迷わず網戸を越えて、薄汚いニワトリ小屋へ入ってく。なら私も手伝いに、と網戸を越えかけたところで、私は首を摑まれてめいっぱい引き倒された。見上げりゃ家の者らしい大男が、青筋立てて怒ってる。

「顔覚えられたらどうすんだ馬鹿たれ！」って。

わけもわからず目を白黒させてると、小屋の方からは叔父の声が響いてくる。どこどこが炎症起こしてて、体温は何度で、あすこが腫れててこっちが切れてる、ってカルテでも朗読するような調子でね。それがまるで、誰かお偉いさんに聞かせてるみたいなんだ。家の者と私以外、ここには誰もいないってのに。

やがて叔父が出てくると、羽織った白衣に血がついてた。でもおかしいんだ。入ってせいぜい五分だってのに、血はどれも完全に乾ききってる。まるで死体を診てやったように。

立ちすくむ私に、叔父はここにいるよう邪険に言って、家の者と本宅へ引っ込んじまった。あとには小屋と、私と、静寂だけ。

なんだか居心地が悪くてね。たまたま腰へ収めてたカメラで、なんとはなしに小屋の方をぱしゃっと一枚撮ったんですよ。

それがこの写真です。

それ以来叔父とは疎遠になって、結局「あだかみ」ってのが何なのか分からずじまいなんですがね、この情景が、まぶたの裏へ蘇るたびに思うんですよ。米や酒、魚にまんじゅう、お賽銭……。人間は価値あるものなら何でもお供え物にしちまうんだから、当然医療行為だってそれに当たるんじゃないか、ってね。

酷い血液恐怖症だった私が、あれ以来血への嫌悪感をころりと克服しちまったのも、きっと何か意味があるんでしょうね。叔父と同じ道に入ったのも、この土地へ帰って来たのも、きっと……。

来週、あの村の跡地へ行ってみようと思います。神様だからって後回しにされてんなら、放っちゃおけませんから。

ですから園田さん、持病のお薬が必要なときは、来月から看護の久江さんを頼ってください。

私はどうも、かかりきりになりそうな予感があってね。

草々

3

あるテーマブログの記事「心霊写真」

【稼げるブログ研究会、提供。お題に沿って記事を書く、というブログサービスのイベントに寄せられた記事。投稿からわずか一時間足らずで削除されたため、このスクリーンショット以外に現存するものはないという】

# 「心霊写真」

2008-07-11 16:52

みんなのブログテーマ：　にがてなもの

参加タグ：　**#にがてなもの**

おれ、心霊写真ってだめなんですよね。どんなにインチキくさくてもだめ。

合成やカメラの誤作動だって分かってても、ひと目だって見ることができないんです。

きっかけになったのはこの写真。どうすかね、みなさんはこの写真の違和感に気付くことができますか。

初めはアホみたいな話でね。田舎の大学でやることもないし、ひとつ心霊番組の真似事でもしよう、ってことになったんです。でもサークルにすら入らずパチンコばっかりやってた連中だから、動画編集のいろはも解っちゃいない。そこで有名どころの番組をパクって、第一回を心霊写真鑑定にしたんですよ。


さて肝心の写真をどうするか、って話になると、後輩のAってやつが得意げに胸を張るんです。部屋のタンスに一枚ある、って。じゃあ頼むわ、ってことでぞろぞろAについてって、見せられた写真が、さっきのやつ。

写真自体は九州の山奥にある、親戚の家で撮影したものらしいんですがね。

わかりますか、窓のとこ。人間の上半身みたいなのが写ってるでしょう？　Aのやつ、これを声高に「ね、幽霊でしょ、ね？」って念押ししてくるんですよ。でもおれたちは「そうかぁ？」って感じで。Aの必死さにちょっと引いてたってのもあるんですけど、やっぱ期待外れじゃないですか、こんなんだと。

Aをジュース買いに行かせて、これどうすべって相談しました。でも結局、解説が怖けりゃ成立するんでねって話になって。他にアテもないし、心霊写真をでっち上げる技術もないし、とりあえず第一回はあれでいこう、って。それで、解説をめっちゃ熱量のあるAに丸投げしたんすよ。面倒だったし。

それがいけなかったんすかねえ……。その日から、Aがぱったりと姿を見せなくなって。大学にも来ない。パチ屋にも並んでない。共通の知り合いに聞いてみりゃ、バイトも無断欠勤でクビになったと言う。こりゃどうも普通じゃねえってことで、近くに住んでたおれがAのアパートに行ったんですよ。

結論から言えば、Aは部屋にいました。でも出てこようとしないんです。鍵かけたまま、ドアの前にいるおれに電話かけてきて、ぶつぶつなんか言ってる。

「おめえどうしたんだよ、開けろや」ってちょっと声荒らげてみせても、

「先輩たちがね、悪いんですよ。もっと注目しないから。俺の仕事が増えたじゃないですか」とか、要領を得ないんです。

「いま解説書いてますからね」

　耳をすましてみれば、ガチャガチャってすごい勢いでキーボードを叩く音がする。あ、こりゃ病んでるわ、って言葉失ったおれに、あいつ、まくし立てるんです。

「なんで上手く釣れないのかなあ。おれの撮り方が悪かったかなあ。もっと時間かけてもらわなきゃなあ」

　何の話だよ。かろうじてそう絞り出したおれに、Aはいっそう声色を硬くして続けます。

「先輩が悪いんですよ。馬鹿みたいに怖がらないから。お前らなら簡単に釣れるって。アドバイスの通りやったのに。お前ら見ないじゃん。窓をじっと見ないじゃん。だから入る隙間ができないじゃん」

　隙間？

　と訊き返したところで、電話はぶつりと切れたんです。同時に、ドアが思い切り開かれて。げっそりやつれたAが姿を見せました。Aのやつ、両手いっぱいに何か抱えてて。それをばぁって廊下にまいたんです。見ればそれ、あの写真の切り抜きでした。色んな倍率に拡大した、あの写真。

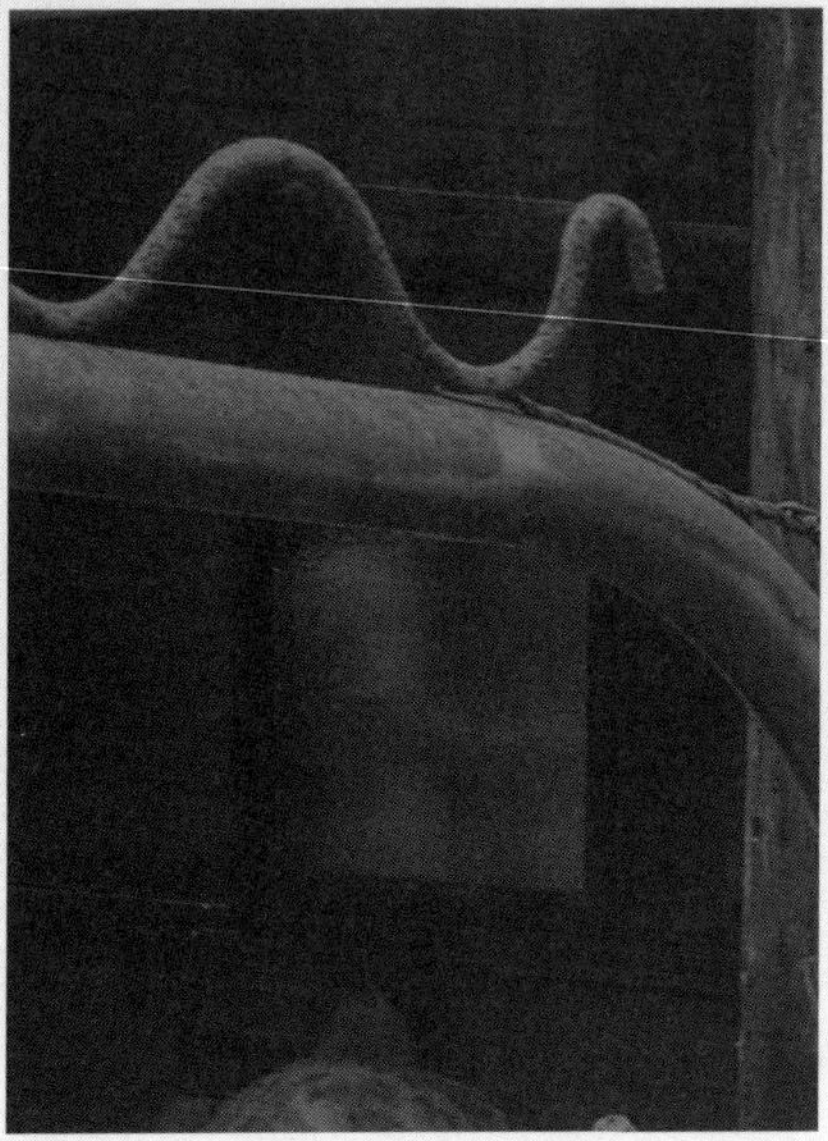

「先輩は」
　あいつが切り抜きのひとつを拾って言うんですよ。
「これを真剣に見てないでしょ」

「だから」
　あいつが別の切り抜きを探り当てて言うんですよ。
「隙間ができなくて」

「これが」
　あいつがそれをぐっとおれの顔に近づけて言うんですよ。
「隙間に入れないって言ってんの」

いたんだ、って思いました。あいつの示した写真。いかにも合成くさい上半身の右上に、はじめから何か「いた」。顔ともしわともつかない、ただの気持ち悪い暗がりの模様なのに、それがなぜかすげえ怖くて……。おれ、何か喚いてるあいつを突き飛ばして、家まで全力で走りました。

翌日、心霊企画のメンバーを連れてもう一度行ってみたんですけど、部屋はもぬけのからでした。でも廊下に散らばった写真はそのままで。なんかそれが、あれは夢じゃないって突きつけられてるみたいで。あいつとはそれ以来、会ってません。実家に帰ったとか聞きますけど、それすら本当かどうか……。

……もしも、もしもの話っすよ？

もしそっち側の連中が「いる」として。その手の連中が人の心の、なんつーか無意識っていうんですか、そういう心の隙間みたいなところに入り込んでくるようなやつらだとして。

心霊写真って、持ってこいの道具じゃないですか？

適当にカメラへ誤作動を起こさせりゃ、変な光やゆがんだ顔、手足の消えた通行人を、おれたちは「本物かどうか」って目でじっと見る。その隙にやつらは、気を取られたおれたちの後ろへするっと回り込む。心の暗いところへ、じんわりと入ってゆく。

もしも心霊写真がそういうもんだとしたら……。

ちょっと調べたら「心霊写真はデジタル時代がやって来て滅びた」なんて説もあるらしいっすけど、滅ぶどころか、やつらは使い道に気付いたのかもしれない。

……いいや、もしかするともうずっと昔から、心霊写真ってのはそういう仕組みのひとつだったんじゃないですかね。

だからおれ、心霊写真ってだめなんですよ。

# プロットと題されたテキスト・6

視界の端に、ちらつく何かがあった。

食い入るように見つめていたスクリーンからがばりと上体を起こし、そちらへ目をやる。

モニターの中。白っぽく浮き出した玄関口の映像に、何やらうごめくものがあった。

じっと顔を寄せる。

見慣れた静止画に、画角の外から警備員が映り込んできた。

少しかがんだ体勢で、格式張った帽子とうなじの部分が見える。どうやら定時巡回の一環で、入り口周辺を検分しているようだ。

時刻は午前二時。丑三つ時を回った頃合いだ。すぐに足音と気配がして、警備員がドアの隙間から顔を覗かせた。

「お変わりなく？」

先ほどの老練な人物と違い、まだ若々しい男だった。怪しげな私に気後れすることなく、気さくな笑顔を見せてくれる。

ええ、と軽く会釈すると、男はそのまま夜警室に入ってきた。

興味津々といった様子で卓上を眺め回し、

「パソコンとボイスレコーダーで脚本を書くんですか？」

そうだ、映像作品の取材ということになっていたのだった。どうやら私を形から入るタイプの奇矯な脚本家だとでも勘違いしたらしい。

曖昧にうなずいてみせると、彼は得心したように顎をなでた。

「へえ、すごいな。やっぱりプロの先生ってのはものが違う。……それにしても、夜警を題材にした映画だなんて、驚きましたよ」

「ユニークなテーマです。全国的にも珍しい制度だったようですね」

そう言う私に、彼は両手を広げて応えた。

「そう、自治会なんて張り切っちゃってね。先輩の伝統を守るんだ、って口うるさく言われたもんですよ。でもそんな気概すら、徐々に薄れていったんでしょうね。僕が学生の頃になると、夜警といえばもう、飲み会みたいなものでした。みんなこっそり酒瓶を持ち寄って、じゃんけんで負けたやつ以外で回し飲むんです。ほら、一人は巡回に出なきゃいけませんから、泥酔してると都合が悪い。忘年会でドライバーにされたやつが、ぶすくれてソフトドリンクあおってるようなもんですよ。そんなんだから、あれをどうやって脚色するんだろうって、不思議でね……」

私は、えっ、とひと膝乗り出した。

「ここの卒業生なんですか」

「ええ、五一回生です。だから……二〇一七年卒」

すると夜警の現役世代ではないわけか。当ては外れたが、男はこちらの意図など汲《く》まず、とうとうとまくし立てた。

「就職に失敗して、叔父の警備会社に潜り込ませてもらったんですよ。それがまさか、ここと提携することになるなんて思いもよりませんでしたがね。いまじゃ防災センターに常駐型で出向して、見飽きた母校に出戻りですよ」

とはいえこれは取材のチャンスかもしれない。彼が新入生だった頃にも、まだ例の事件にまつわる噂のひとつくらいは流れていただろう。私はさり気ない風を装って、男に尋ねた。

「そういえばここ、集団パニック事件があったそうですね。一〇年ほど前に」

「ええ、ありましたよ」

ずいぶんあっけらかんと言う。それもそのはず。続く言葉は私の期待を大きく外れるものだった。

「といっても、世間で一時期取り沙汰されたような、心霊めいたものじゃありませんがね。噂によると、カフェイン剤のタブレットが原因だったそうです」

それは初耳だ。

「でも、薬物検査の結果は陰性だったんじゃ……」

「もちろん陰性でした。覚醒剤の方はね。でもカフェインは違法成分じゃありませんから。幸い薬物のたぐいは一切検出されませんでしたが、彼らは眠気覚ましに大量のカフェイン・タブレットを持ち込んでいた。ラムネくらいのサイズで、推奨摂取量の基準値を大きく超える、海外製のものです。それを過剰摂取して、幻覚性のパニック発作を起こしたんですよ」

「ずいぶん、当時の状況にお詳しいんですね」

「僕のサークルの先輩……それも直属の先輩に当たる人が、集団パニック事件の翌朝にこの部屋を片付けたんですよ。それで伝え聞いたんです。あの日は酷かった、スナックやボトル入りのジュースなんかがあちこちに飛び散って、それはひどい有様だった、って。先輩はその時、投げ出された買い物袋の中に錠剤を見つけたらしいんです」

拍子抜けした私を面白そうに見つめながら、男は追い打ちをかけるように笑う。

「意外ですか？　ま、噂なんてそんなものですよ」

怪談作家らしく少々落胆しかけたが、それでも心の奥底ではホッとしていた。やはり、このボイスレコーダーと集団ヒステリーには何の因果関係もなかったのだ。聞けば災いがある、といわくつきの怪談は数あれど、再生するだけで若者が狂乱にむせぶボイスレコーダーなど、所詮は眉唾だった。それだけでなぜか、救われるような気さえした。

「では、ごゆっくり」

出て行きかけた警備員が、そこでふとモニターに目を留める。

「あれ、ひとつ点いてませんね」

慣れた手つきでスイッチをいじり、消えていた右端の画面を点灯させた。

――ややあって、そこにはとあるサークルの一室が映し出された。覗き窓の設けられたドアを、ほぼ真正面から捉える構図だ。

「他は通路や外部なのに、それだけドアを映してるんですか」

思わず口に出すと、彼は意外そうな顔で言った。

「おや、聞いてませんか。ここも現場なんですよ」

そういえば、K宮から最初に送られた原稿にも、似たような記述があったように思う。多忙にかまけて百科事典サイトの記事すら一読していないが、確か衝撃的な大事件があったのではなかったか。夜警創設の契機となった、根深い事件が。

「これは点けておいてもらえますか。いつ『みゆき』が来ないとも、限りませんからね――」

取るに足らぬことのような口ぶりで、警備員が出ていく。

みゆきが、来る……？

それはいったい、どういうことなのですか。

そしてなぜこの部屋だけ、専用のカメラが設けられているんですか。

そう問いかける隙を、決して与えぬような所作だった。

モニターの中、薄明るい画面には傷だらけのドアがじっと映し出されている。

部屋の所有団体を示す識別票には、何も書かれていなかった。

【風聞】


家出?

うん。お母さんと喧嘩をして、それでみゆきちゃん、お姉さんがいるあの建物を目指したみたい。

じゃあ、お姉さんが目を離した隙に?

そうみたい。後ろから首を絞められたんだって。

首を……かわいそうに。

かわいそう。

すごく、かわいそうだね。

うん、かわいそう。

## 【風聞】

いわゆる『みゆきちゃん事件』が、このサークル棟の全てを狂わせてしまいました。

あの子がこの上なく不幸な目に遭って、忌まわしい犯人はいまだ捕まらず、悲しみの深い空洞が皆の心にうがたれた、あの日々。私たちはろくな弔いもせず、学友の悲嘆を、ただ同情し看過するしかできませんでした。彼女の心に形を成す、もうひとつのうつろに気づきませんでした。

それがいけなかったのかもしれません。

旧油絵研究会に、あの子が出るようになりました。あの頃のままの、あの頃の笑顔で。

初めは気配だけだったそれが、いつしか輪郭を成し、ついには声と陰影を得ました。

それを見たものが次々と不幸になりました。

部屋はすぐさま釘打たれ、やがて開かずの間となりました。

闇の溜まった突き当り。左から二番目の部屋。

あそこで「みゆき」の名を口にすると、何が起こるか判りません。

決して、あの子を呼ばないで下さい。

決して、うつろに飲まれないで下さい。

# 4　初めてのアルバイトに関する諸注意　～先輩からのアドバイス編～

【情報科学科の複数名から、スクリーンショットの形式で提供されたもの。学生ポータルサイトの『新入生向けアルバイト情報ページ』に投稿された一連のコメント群である。コメントは全て、ページを運営する彼らの承認なしには掲載されないシステムだったため、公には認知されていない】

無題　学部（空欄）学科（空欄）学年（空欄）

新生活でバイト始める人も多いだろうし、結論だけ先に言いますね。

「壁の落描きを見張るだけで二万円」ってバイトを見つけても、絶対に応募しないで下さい。特にこの画像が貼られているものは、あなたの人生にどんな影響を及ぼすか解りません。嘘だと思ってもいい。どうか応募だけはしないで下さい。

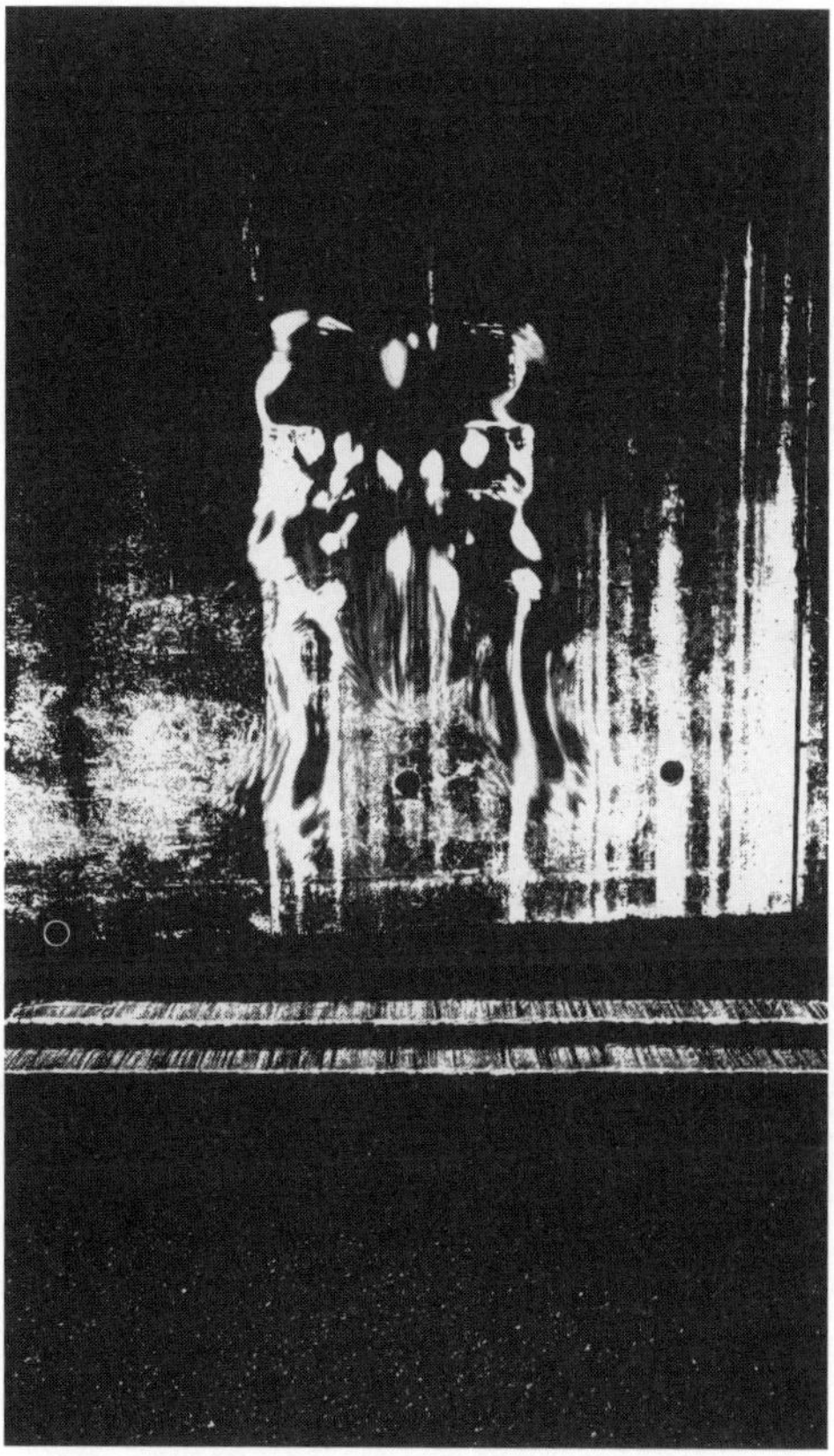

僕がこのバイトに応募したのは、大学二年の時なんです。独り暮らしに慣れたせいで、金もなくて。仕送りだけじゃ服も買えなくて。だからって人と関わるバイトは無理で、ほんとどうしようもなくて。隙間バイトの単純作業系にあれこれ応募してた時、たまたま新着の求人にこれが出てたんです。

てっきり「壁に落描きされないよう見張るバイト」かと思ったら、詳細欄にはこうありました。

「K市某所の落描きを、明け方の五時まで監視するバイトです。落描きに何らかの損害・形状変化を加え得る事態が生じた場合、いかなる手段を講じてもそれを阻止していただきます。学生さん歓迎」

意味はよく解らなかったんですけど、二万はでかい。でも独りじゃ不安だってことで、友達のタカキを誘いました。応募手続きは奇妙なくらいすんなりと進み、あっという間にバイト当日。

そこ、潰れたホームセンターの跡地でしてね。本当にあの落描き以外、だだっ広いだけでなんもないところでした。

外灯や、人家の灯りひとつない広大な闇の中。二人で駐車場にスタンバって、朝五時までやることなんて決まってるじゃないですか。酒盛りですよ。ビールにジャーキーとか開けて、大学ぼっちトークで馬鹿笑いして。付近に民家もないから、たまに音楽とかかけて。初めは楽しかったんです。

初めは……。

状況が変わったのは、真夜中の三時頃。タカキが急に音楽止めて、

「なんか聞こえねえ？」ってささやくんです。

静寂が訪れて、初めて気づきました。どこか遠くで、

カーン
カーン
そんな音がしてる。金属どうしを打ち合わせるような、小気味いい音。平坦な暗闇からは、決してするはずのない音。
そこでタカキが腰を上げました。
「おれ見てくるわ」
それに引きかえ僕には、止める勇気も、代わる勇気もなく。なんとなくあぐらかいたまま、その後ろ姿を見送ったんです。

ところが一〇分過ぎ、さらに五分が過ぎても、タカキは戻りませんでした。

タカキがスマホを置いていったために、連絡も取れない。もう行くしかない。震える手をおさえて、僕はあの金属音をたどりました。

カーン
カーン
ひとつ鳴るたびに方向を見定めて、闇の中を平泳ぎでもするように、歩く。

そして音がひときわ近づいた時、スマホのライトには二つの人影が浮かび上がりました。

タカキと、青い病院着の女。

壁に耳を当てるタカキと、そのすぐそばで金槌を振るう女。

壁にはなぜか、さっき見張ってたのと同じ落描きがあって。

落描きのいびつな円の部分に、いくつも釘が打たれていました。

それを見てすぐに、いやな言葉が脳裏をよぎったんです。

丑の刻参り。

忌むべき相手を呪殺すべく、深夜にわら人形を打つ儀式。女の後ろ姿からは、まさにあの儀式に見合った濃密な殺意が溢れていました。思わず僕が一歩後ずさった、その時。女が空中に振り上げた手を、ぴたりと止めたんです。

「おとうさんならてつだえよ」

深い憎しみに満ちた声でした。

僕、もう何が何だか解らなくて。とりあえずタカキだけでも助けないと、って思ったんですけど、足がすくんじゃって。

……逃げたんです、僕。

大学でたった一人の友達を見捨てて。無我夢中で逃げました。警察呼んで戻るから、警察呼んで戻るからって、口の中で何度も繰り返して。住宅街まで下りて、すぐに一一〇番して。

でも不思議なことに、戻った時には、タカキも女もいませんでした。それどころか壁の落描きも、円の中央に打ち付けられた無数の釘も、きれいさっぱり消えてたんです。まるで、初めから存在しなかったみたいに。パトカーの警官に酒のせいだって怒られて。僕、まっ暗闇に立ち尽くして……。

これ、悪い夢か何かなんですかね？

たまに思うんです。本当はまだあの夜にいて、音楽聴きながら寝てるんじゃないかって。

だってそうでしょう？

大学のどこにもタカキってやつはいないし、携帯の履歴にもそんな名前はないし、壁の前には僕の分の空き缶しかなかったし……そんなの、そんなのおかしいじゃないですか。

実はバイトの後、スマホの中に奇妙なフォルダを見つけたんです。

「あｍにａ」

って名前の、最下層に設けられたフォルダ。作った覚えのないそこには、数枚のメモと、動画ファイルが保存してありました。タカキのためにも、唯一の手がかりであるこれらを、ここに公開します。もし何か思い当たることがありましたら、どうか教えて下さい。

それが僕からの、みなさんへの最初のバイトです。


メモの一枚目（作成日時は大学入学の数日前）

つぎはにげるなよ

メモの二枚目（作成日時は例のバイト当日）

なんどでも
おとうさんになれるまで

メモの三枚目（作成日時は一九七〇年一月一日）

時間の流れが違うから
きをつけて

保存されていた動画（ファイル名はamnia.mp4）

メモの四枚目（作成日時不明）

かべに耳みをあてるるとようすすいの中ででく腐さ腐りかけてているのがわかりましたた今ん度は僕がが水み水みずをを抜ぬきますささようならなら

【追記】

情報科学科の学生の一人が、「これは新入生へのアドバイスじゃないですよね？　学部も学年も明かさず、意味不明なコメントしないでください。承認はしないので、そのつもりで」と返信したところ、投稿者から即座にリプライがあった。

返信欄にはわずか一文、

「じゃあ　おまえが　なれ」

とだけあったそうだ。

その一文を最後に、投稿者は一切の反応を示さなくなったという。

# 5　配信「鎖女」

【軽音部からの提供。あるインディーズ・バンドによるネット配信の動画を、画面ごとキャプチャして保存したもののようだ。現在そのアカウントは削除されていて、アーカイブは全て閲覧不可】

（横書きで流れるまばらなコメントを、女性がさも楽しげに目で追っている。黒を主体にしたハードなゴス系のファッションに身を包み、アクセサリーやタトゥーの誇示にも余念がない）

あ、そうだ。この話しようと思ってたんだ。

みんなさあ、変なバイト、したことあります？

私ね、ありますよ。女子四人でメタルの頂点目指すぞ、って決意表明した頃かな。その頃は仕事とライブを両立させたくて変なバイトばかりやってたんです。その中のひとつが、これ。

（カチ、カチとクリック音がして、画面の半分に次の画像が現れた）

古いアパートの階段に渡された鎖を、毎週火曜日に確認するバイトなんです。ね、すごいでしょ。

ただそのバイト、わけわかんないルールが二つあって。

ひとつは「万が一鎖が外れてても、絶対に直さないこと」。

そしてもうひとつが「鎖を確認する時は必ず氏名を口に出して指差し確認すること。プライバシーを考慮するなら『オオタアサミです』と名乗ってもいい」とかいうんですよ。

変でしょ？　ねー変だよねー。

そりゃ不気味ではあったんだけどねー。出費が出費だったんでどうしても辞められなくて。だから風邪とかインフルで寝込んだ時は、バンドメンバーの三人に代理をお願いしてたんですよ。別に雇い主も監視してるわけじゃないし。半年くらいはそれでうまくやってました。

でも、年末の頃だったかなあ。

私がついにやらかしちゃって……。

サボリっすよ。前日しこたま飲みすぎて、ふと気付いたら水曜日の、深夜一時を回ってたんです。ね、もう無理だよね。

でも私も諦めきれなくてさ。慌ててメンバーを当たったら、急遽《きゅうきょ》ドラムのウメが行ってくれることになって。土下座する勢いでお願いしたんですけど、なんか胸騒ぎがすごくて……。で、深夜二時を過ぎたあたりかな。全員で作ったグループに、ウメから写真が送られてきたんですよ。それが……これです。暗い、階段の写真。

でね、そこに一行だけ、文が添えられてたの。

「ここにはくさりがいらないんだってー」

でもウメがさ、あの真面目なウメが、そんな変なこと書くわけないじゃん。

だから全員で「どうしたの」「大丈夫だった」って質問攻めにしたんですけど、電話もメッセージも反応なくて。

すぐ他の二人……同じ街に住むツブとネリが、私の部屋に駆けつけてくれました。なんかあったらウメ連れて、警察に全部話そうって。

するとまたウメからメッセージ来て。

「ここにもいらないんだってー」

そしたらネリが、神妙な顔で言うんですよ。

「これ、臨海公園の階段じゃね?」

って。その言葉で気付いたんです。どっちの写真も夜だから印象が違うだけで、すぐ近所の階段なんですよ。行こうと思えば、五分と経たずに行ける場所。

ツブに至ってはついさっきそこを通ったんで、ほとんど青ざめてました。

その時、また、

「ここもいらないっていわれたー」

「川のそばの地下道だ。ねえどうしよう、あたしここ通って来た」

ネリもそんなこと言うし、なんか私も怖くなって。三人で固唾《かたず》をのんで、それぞれの携帯を見つめてました。するとしばらくして、

「ここもまだ大丈夫だって!」

それ、ここの階段なんですよ。

そこで弾かれたように、ネリが玄関の鍵をかけたんです。なんか来る。しかも多分、ウメじゃない。それだけで震えるほど怖くて。全部の照明つけて、ちょうど玄関の直線上にあるリビングから、みんなでじっとドアを見つめてるときでした。

玄関のインターホンが鳴ったんです。

「遅くにごめん、行ってきたよ」

恐る恐るモニターを見たら、ウメでした。意を決して扉を開けると、ウメは何事もなかったように「全員集合?」とか首かしげてて。みんなで「あんた携帯は!?」って問いただしたら「よくわかったね。落としたんよ」って笑うんです。

ホッとしたのと、怖かったので、もう混乱しちゃって。三人でぺたんって腰下ろした時、携帯の着信音が鳴りました。発信者は「ウメ」。すぐにウメがキレた顔で「スピーカーにして」って言います。指示通りにして電話に出るとウメが開口一番食って掛かりました。「誰だお前。あたしの携帯返せよ」


そしたらちょっと無言の後、女の声でこんなこと言われたんですよ。

ここにくさりがないとこまるのでおしらせします。ここにもくさりがひつようです。ないとこまるのはしにんです。しにんのおんながこまります。オオタアサミです。かわいそうなオオタアサミのかわりがいやになったんですか? だからこなかったんですか? くさりがいりますか。もうきませんか?

プツッ、と電話が切れて、私が玄関へ飛びつこうとした時です。

玄関扉が外から、ドン、と叩かれました。私、鍵に指をかけたまま動けなくて。するとドアの向こうの気配が、ぐっと私の顔に近づいてくる感じがしたんです。ドア越しに、私とほっぺたを合わせるような気配が。

「オオタアサミです」

低い女性の声で、確かにそう聞こえました。

このままじゃ三人が危ない。メタル魂見せんなら今だって自分に言い聞かせ、私は思い切って鍵とチェーンを一気にかけました。

そしたらなぜか、気配が急に消えたんです。

ドアに耳を押し当てると、じゃらじゃら、じゃらじゃら……何か鎖のようなものを引きずる音がゆっくり遠ざかっていきました。

そんなことがあったんで、すぐにそのバイトは辞めたんです。もともと雇い主の顔も知らないような裏バイトだったんで、ブロックしておしまい。ウメの携帯は例のアパートのそばで見つかったんですけど……表にも裏にも、何かに引きずられたような傷が無数に残ってました。

そんな話。

ああ、コメントでも同じこと考えてる人、いるね。

やっぱあれかな。チェーン掛けたのがよかったのかな。

ま、そういうのはツブの方が詳しいんで、よかったら生放送とか、遊びに行ってあげてね。あ、ウメの機種代はちゃんと私が立て替えてあげたんで、そこんとこはご心配なく。

こんな感じかなー。

「ずーっと秘密にしてる改名の経緯教えて」って質問いっぱいきてたんで、ちょっと長めに喋ってみました。怖い話とか嫌いな子がいたらごめんね！

……ということで、スッパメイデン改めチェーンロッカーズ、来月ウメのバースデイ・ライブやるんで。よろしくね！

# 6　取材「のまおくん」

【心理学部行動心理学科の学生から提供されたもの。資料室に保管されていた複数のデータディスクを分類していたところ、以下のワードファイルが見つかった。取材の成果を書き起こしたもののように見受けられるが、詳細は不明。学科長を歴任している教授にも心当たりがないとのこと】

「のまおくん」について

取材対象の談話・テープ起こし

まずはこの絵、見てもらえますか。以前勤めていた幼稚園で、自由遊びの時間に子供たちが描いたものです。

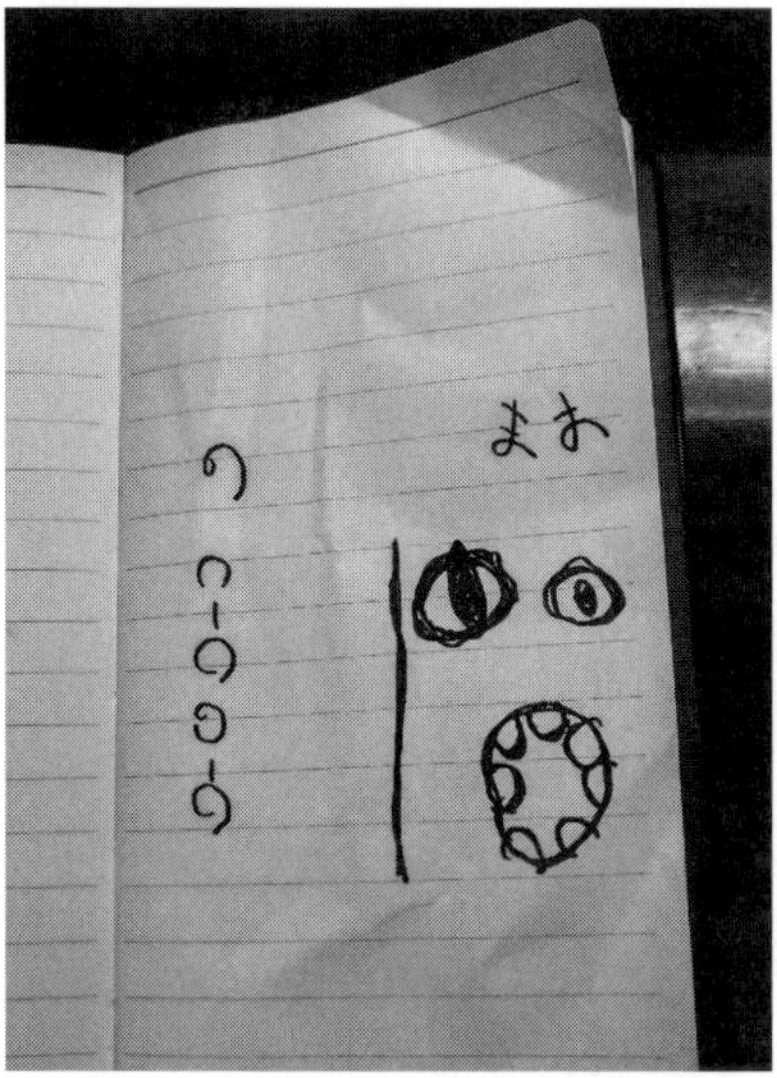


■実際の絵は使用許可が取れていないため、取材時に私のメモ帳で再現していただいたものを添付する。

子供って、素直なものですね。

「これなあに?」と訊いてみれば「のまおくん」と答えます。

「それだあれ?」

続く問いにはにべもなく「しらない」と顔をそむける子供たち。

「のまおくんは何に出てくるの?」

アニメか何かのキャラクターだと思ってそう尋ねると、彼らはどこか後ろめたい表情でぽつりと答えました。

「まど」

まど? と首をかしげたところで、数人の子供たちはさっと園庭へ走っていきました。普段と変わらない様子で無邪気に砂をかき出したり、パーゴラのツタを見つめたりしています。何気ない日常の、よくある光景。それでもこの記憶が私の脳裏に焼き付いたのは、全て次の経緯によるものです。


私、F県内の幼稚園に勤めてたんですけどね。園の都合で一年目から担任を受け持つことになって、かなりプレッシャーを感じてたんです。本当は副担任の先生もいたんですけど、珍しい感染症で長期休養に入っちゃって。必然的に、自由遊びの時間なんかは大勢の子供を私一人で見ることになったんですよ。

それで、夏のある日。

例によって自由遊びの混乱が通り雨のようにやってきた頃、とうとうトラブルに見舞われました。

結果的にはささいな喧嘩で済んだんですけど、一方の子が擦り傷を負った関係上、ほんの一、二分だけ年長さんのクラスを放置してしまったんです。

手当てを終え、大急ぎでクラスへ取って返すと、子供たちの姿がありません。一瞬心臓が跳ねましたが、よくよく見れば奥の大カーテンがこんもりと膨らんでいます。小さな上履きが横一列に覗いているのを見て、なんだか微笑ましくなりました。ああ、私を不意に驚かすつもりなんだな、って。

しかしいくら近づいても、くすくすと忍び笑いを漏らす気配がありません。

私は私で「おやおや、どこかなー」と水を向けてみますが、カーテンの向こうに凝り固まった二十人近い子供たちは、黙りこくったままです。私は不審に思い、芝居っ気を捨てて厚い布をめくりました。

子供たち、何をしてたと思います？

あの絵を描いてたんですよ。例の、のまおくんを。

窓ガラスに引き破った画用紙を押し当てて、みんな夢中でクレヨンを走らせてました。一度描いた線を上からなぞって、「の」「ま」「お」の三文字を火でも熾《お》こすように塗り続ける。

そんな後ろ姿が、なぜか怖くて……。

やめなさい、とも言えず、訊きました。これだあれ。しらない。何に出るの。まど。ほとんどの子供は蜘蛛の子を散らすように走り去ったのですが、カーテンの中に女の子が一人、窓ガラスを見つめたままじっとたたずんでいました。誰にともなく、その子が言います。

のまおくん、てがね。

なあに、おてて？

うん、てがね。ちょっとね、はなれてるんだって。

はなれてるの？

うん。てもね。あしもね。からんでね。

からんで？

うん。ねっこがね。てとねあしとね。つかんでね。ほんのちょっとね、はなれてるよ。きのうより。


戸惑う私に目もくれず、彼女は外へ走り去って行きました。伝えるべきことは伝えた、とでもいうように。それからしばらく、子供たちはステージ横の大カーテンに近寄ろうとしませんでした。理由は解りません。でも訊いちゃいけないような気がして、私も問いただすような真似はしなかったんです。

結局、それから数年と経たぬ内に私は教職を辞めました。激務と人間関係のストレスに、心のほうが耐えられなくて。再就職には苦労しましたが、幸い、医療事務の仕事にありつくことができたんです。不慣れな業務もあらかた覚え、同僚との距離感にも慣れてきた頃……病院でその噂を聞きました。

近在の幼稚園から、子供たちが何人も運ばれてきたらしい。あるクラスの子供が先生の目を盗み、おかしな遊びをしていたらしい、って。十人以上の子供が腕と腕を複雑に絡ませ合って、窓に絵を描いていたらしい、って。

駆けつけた先生が思わず大声で注意したところ、子供たちは目をむいて喚き散らし、絡ませた腕はそのままに四方へ逃げようとして、関節をごき、ごき、ごき、ごきと外し、ひどく痛めてしまった子供が何人もいるらしいんだ、って。

　ああ、まだ「いる」んだろうなって思いました。そしてあの光景を思い出したんです。砂をかき出す子供たち。パーゴラのつる植物をじっと見つめる子供たち。そう、それがいつもの光景でした。いつもあの子たちは示していたんです。気づかないのはいつだって、私たち大人の方なんですよ、きっと。

■語り手の女性はそう話を結ぶと、コーヒーをひと口飲んで席を立った。私は一人テーブルに残り、例の絵をためつすがめつあらためる。どこかで、見たことがある……。一種異様な既視感を覚えたが、それを口に出せば何か別の胚珠を芽吹かせるような気がして、軽率な言及はさすがにはばかられた。

■数日後、長らく使っていなかった私の仕事用アドレスに電子メールの着信があった。
フリーメールなのか、差出人は不明。以下に、その文面と添付画像をありのまま掲載する。

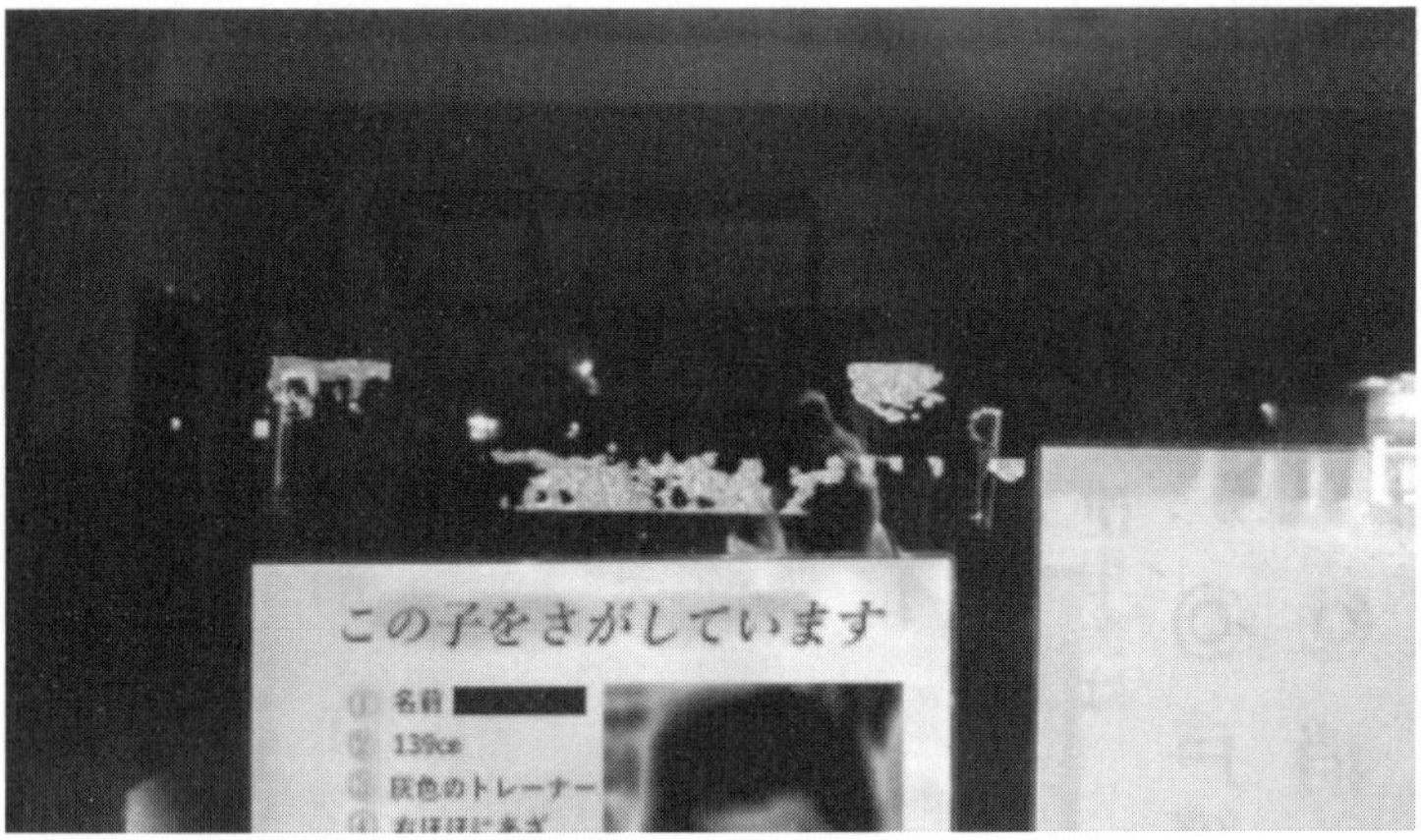


くびもはなれました

# プロットと題されたテキスト・7

ここで、一度休憩を取ることにした。

時刻は午前二時五〇分。

ひっそり閑とした廊下にそっと首を出す。居並ぶ部屋にも、通路の先の暗がりにも、当然ながら、人の気配はない。

警備員も巡回を済ませたばかりだから、あとたっぷり一時間はここへ来ないだろう。まさに完全な孤立である。ここは広大な敷地の最北端にあたるから、悲鳴を上げてもそう簡単には届かない。

なんの気なしにペンライトを点け、廊下の近辺を照らしてみる。

強制的に学生を排除するためだろうか、午後一〇時以降は自動的に照明が落ちるのだと聞いている。

一階の端、入り口のそばに集電ボックスがあったが、非常時にはそれを操作しなければならないのだという。

よくよく見れば廊下とドアには、その境界を埋めるように大量のビラが貼られている。もとの壁面を忘れさせるような、埋め尽くさんばかりの執念だ。各サークルの勧誘から、怪しげなバイトの募集まで、大小さまざまなビラにはバラエティ豊かな文言が躍っている。

そのひとつに目を留めた。

※性別不問　軽作業
　内容を　きかない　かた　優先
　　日給　一万　五千円

## 女性　歓迎

先ほど見たファイルのひとつを思い出し、なんとなく身震いがした。こんな怪しげなバイトに手を出すなど、およそ気がしれない。いくら若気の至りと言えど、目先の金もその身の破滅には代えがたいはずである。

かぶりを振って、ライトを消す。

そこで背後の窓がだん、と鳴った。

振り返ろうとしてやめる。

静寂。

おおかた、虫か何かがパソコンの灯りに誘われて窓へとまったのだろう。

そこでまた別のファイルが思い出されて、窓の方すら向けなくなる。

神経組織のようにのたくるツタが窓に子供の顔を描いているさまを思い描き、ぶるぶると首を振って打ち消した。

どうせフィクション、創作だ。

気ままな学生たちが、暇にあかして作り上げた怪談。そうに違いない。

そうしきりに自分に言い聞かせると、私は携帯のバッテリー残量を確認して廊下へ一歩踏み出した。

K宮から頼まれていたことを思い出したのだ。

「サークル棟の写真、撮っておいてもらえますか。使えるものとそうでないものはこちらで選別しますので。許可はいただいてますから、遠慮なくどうぞ」

にやにやと含み笑いをする表情が目に浮かぶようだった。

おおかた私に、お化け屋敷さながらの館内をおっかなびっくり探索させたいのだろう。怖がりの私のことだから、何の契機もなければ夜警室にこもって朝を迎えようとするはず。そんなことはハナからお見通しなのだ。

まあ、これも仕事だ。致し方ない。一階から順に、せめて例の部屋までは撮っておこう。

しかし、あまり時間をかけてもいられない。せいぜいあと三時間程度で夜は明けるのだ。それまでに大学を揺るがした例の事件——みゆきちゃん事件の、現場までは。

パソコンは携行できないから、せめてボイスレコーダーだけでも持って歩こうか。盗難の危険などまずないだろうが、それでも部屋に残しておくよりはいいだろう。

そういえば、無音のデータが連続した後にも、まだ怪談データは残っているという話だった。そうだ。自動で再生されないなら、まだ動作可能なファイルを探して、それだけ聴けばいいのである。

私は窓の方を直視しないよう部屋へ取って返し、ボイスレコーダーをパソコンの本体に接続した。すぐに内蔵ファイルの一覧がフォルダの下層に表示される。ずらりと並んだ、数字ばかりのファイル名。

その最下部にひとつだけ、テキストメモのファイルがあることに気づいた。アイコンが半透明だから隠しファイル扱いになっているが、なぜだかありのまま表示されてしまっている。おそらく表示形式のオプションで、隠しファイルも姿をあらわにするよう設定されているのだろう。

それにしても、このテキストはなんだ。

Ｋ宮からは事前に聞いていない。あの目ざとい彼も見落としたのだろうか。

迷わずクリックすると、そこに見慣れた名前があった。

【メモ帳ファイル】


放送部の森田です。

これを見てるってことは、会長か、自治会の人ですよね。お疲れ様です。もしかすると夜警の人かな？　だったらご愁傷さま。

ボイスレコーダーの内部フォルダをいじっていて気づいたんですが、まだデータがありました。このメモ帳ファイルのすぐ下から、十二個ぶん。ファイル名だと20100919から20100921がそれに当たります。データに紐付けられた日付のデータはバグってるんですけど、ファイル名から察するに、九月一九日から、恐らくは二一日のあいだに録音されたものみたいです。


でも、その期間って確か、この録音機が紛失してた頃ですよね。

変換し忘れてたんだとしたらヤバいと思って、さっき念のため全部聴いてみました。

これ、夜警の企画で使っちゃいます？

なんだか内容も不気味で、なんていうか……普通じゃないんです。

弟も気味悪がって、途中でリタイアするし。

あの、空気壊したら申し訳ないんですけど。

これって私たち放送部へのドッキリ……とかじゃないですよね？

【メーリングリスト　書き起こし】※卒業生・野口氏の提供による

すみません　歌舞伎研究会の亀田ですけど、怪談の録音機ってどこにあるんですか

>入ってすぐの事務机の上です。わかるようにしてあります。

ないんですけど

>引き出しの中にもありませんか？

はい

学生自治会、野口です。怪談の録音されたボイスレコーダーの所在がわからなくなっています。紛失したと思われるのは、九月一九日の夕方から深夜にかけてです。夕方の時点で事務机にあったのを私が確認しています。

間違えて持って帰ってしまった人がいたら、すぐ野口（noguchi@kqu.jp）までご一報ください。その際、このアドレス宛に直接返信しないでください。よろしくお願いします。

>紛失時、自治会室は施錠されてなかった？

>されてませんでした。先輩、このアドレスに返信しないでください。

>あ、失礼。

>だから、このアドレス宛に返信しないでください。
全員に回っちゃうから。

学生自治会、野口です。
ボイスレコーダーを戻してくれた方、ありがとうございました。中のデータも無事でしたし、汚損された形跡もなかったので、今回の件は不問にします。以後、このようないたずらが発覚した場合、当該行為者の所属するサークルにも連帯責任を取ってもらいますので、ご注意ください。

>誰だったんだ？
あの初々しい後輩くんによると、謎の音声がいくつか紛れ込んでたって話だが。

>先輩、このアドレスに返信しないでください。

＞横槍ですみません。北欧文化研究会の阿南ですけど、私も知りたいです。みんなでお金出し合って買ったものだし。

＞異議あり。北欧研はのらりくらりとかわしてほとんど出してないでしょ、カメラの時も。

＞右に同じ。免除ってなんだよ。九州文化圏構想だかなんだか知らないが、あのヘンテコなテントが大使館のサイトに載っただけで、そんなに偉いかね。

＞えー　趣味レベルでしか自己実現できない連中がなんか言ってるー　人の功績を喜べないなんてモラルないね　こりゃラグナロクも近いわ

自治会野口です。

先ほどのメールに関して好奇心旺盛な方々からご返信いただきましたので、詳細を付記します。

ボイスレコーダーはいつの間にか戻されていて、犯人は不明です。

確かに内部ストレージにはいくつか音声データが追加されていたものの、どれも「怪談」と呼べる範疇《はんちゅう》のものです。誤解を招く表現は慎んでください。

内部にも外装にも異状はありません。いくつか傷が増えたくらいのもので、共有財産としての価値が損なわれたわけではないため、ご心配には及びません。ラグナロクも来ません。

もちろん誠意をもって名乗り出てくれれば嬉しいので、それはいつでも受け付けます。心当たりのある方は、わ た し の メールアドレス宛にご連絡ください。

また、供出金の免除規定は学内ジャーナルにも定期的に掲載していますので、法学研究会の横山さんも、健康食品全部試す会の瀬名さんも、きちんとご一読ください。
>健康食品wwwwwぜんぶwwwためすwwwwwwww
>阿南さん、それ以上は罰則規定に抵触しますよ。
皆さんお願いですから、今後間違ってもメーリングリストに直接返信しないでください。アドレスを共有する全員の携帯が鳴ってしまうので、大変迷惑です。講義中、アルバイト中の学生もいます。想像力を養って、他者に配慮できる人間になりましょう。以上です。

怪談が、紛れ込む？

にわかには信じがたい話だ。まさかこれも、夜警企画では当初の計画の一部だったのだろうか。

例えば当の放送部がグルになって、語り手不明の怪談をでっちあげ、ことさらに雰囲気を盛り上げる、というような。

技術面で多大な信用を置かれ、音声の準備全般を申し付けられるようなサークルだ。音響効果を駆使して、不気味な音源を作り上げることくらいお手の物に違いない。

メールの文面から察するに、その報酬が六月の供出金の免除だった……そう考えれば一応辻褄は合うが。

森田いわく、紛れ込んだのは不気味で異様な怪談。

いったいどんな怪談が収録されていたというのだろう。

まさか。

まさか「みゆき」が……？

開かずの間となった旧油絵研究会。かつてそこで首を絞められた「みゆき」。

あの忌まわしい事件で被害者となった「みゆき」の怨嗟が、あの夜録音機に忍び入ったとでもいうのだろうか。

私はイヤホンを手にしたものの、結局それを置いた。

この暗闇のなか、両耳を塞いで歩き回る勇気などなかったのだ。

ボリュームを最大にして、足音すら飲み込むような館内に一歩踏み出す。

冒頭の語り出しが、冷たい廊下に反響した。

おれの知り合いに、腕時計集めてたやつがいるんだけどさ——

# 提供者不明の怪談・1

「時計」　　【録音環境不明。雑音がひどく、時折男女の声らしきものが語りに混じる】

おれの知り合いに腕時計集めてたやつがいるんだけどさ。安物からブランド品まで腕時計と見ればば節操なく買い求めるし、それにしちゃこだわりを感じないし、ある時どうしても気になって尋ねたんだ。「なんで集めてんの？」って。そしたらそいつ、「エンジンにするため」って言うんだよ。当然おれも訊き返したよ。エンジン？　どゆこと？　って。するとそいつ「うちに来ればわかるよ」とか言うんだよね。お互い独り身で、油くさい工場と家を往復する毎日だったからさ。酒が飲めるならいいか、って感じでとりあえず行ってみたんだよね。おれ以外に話し相手もいない感じだったし。

そしたら意外にも、結構立派な家でさ。バルコニーっての？　張り出したゴツいベランダみたいなやつ。あれとか温室とか、色々あるんだよね、あいつん家。いやいや、おれらみたいなシケた工員が住む家じゃないっしょ、とか笑ってたら、そいつ、慣れた感じでずいずい入ってく。間違いなくそいつの家なんだ。

でも近くで見ると変なんだよ。温室の中の花とか軒並み全部枯れてるし、でかいベランダは鳥のフンだらけ。庭も荒れ放題で、家の中なんてそいつの歩くスペース以外はホコリまみれでさ。何年も放っておいた感じなんだよね。不気味だなあとは思ったけど、せっかく来といてじゃあさいならってわけにいかないじゃん？

なんとなく理由も訊けずに居間へ通されて、そこで夕飯がてら酒飲んで過ごしたんだ。じっくり話してみたら変なやつじゃないし、肉の缶詰が美味かったから酒も進んで、お互い仕事の愚痴とか弾んでさ。おれにしちゃ珍しく、そのまま泊まりになりそうな勢いだった。

で、夜の八時を過ぎた頃かな。

おれがトイレから戻ると、あいつが待ちかねたように言うんだよ。

「そろそろ動くから来て」

って。おれ、こんな性格だから、結構遠慮なくもの言うんだけどさ、なぜかこの「動く」って言葉が異様に重く感じて、何も言えずについてったんだ。手招きするあいつの後に続くと、そこは寝室らしかった。らしいってのは、寝具がなかったから。あったのは床と天井と、腕時計。

思わず目をこすりたくなったよ。糸を結んだ腕時計が、数え切れないほど吊るされてんだから。ほら、マンガでよく催眠術の時なんかに使う、五円玉をぶら下げた糸あるじゃん？　あれの腕時計版って感じ。そいつが何本も天井から垂れてんの。下手すりゃ百本、いやそれ以上だったかもしれんなあ。

糸は白く、丈夫そうなテグスか何かで、それが無数に垂れてるもんだからカーテンみたいだった。ざあざあ降る雨を一時停止させたら、きっとこんな状態になるだろうな、って感じ。おれもさすがに面食らってさ。たじろいで何も言えなかったんだけど、そいつはさも当然のように床へあぐらをかいた。

「さ、動くよ」

まただ。またその言葉。おれ、とうとう我慢できなくなってさ。訊いたんだよ。よせばいいのにさ。何が動くんだ、って。そしたらあいつは答えた。

時間は常に動いてるだろ。そんなおれの考えを見透かしたようにさ、あいつまた言うんだよ。

死んだ時間だよ、って。

生きた時間は常に動いてる。でもそれとは別に死んだ時間があるんだよ。僕らが知らないだけで、時間も死ぬんだ。僕はそれを動かす方法に気づいたんだよ、って。

あいつ、まくし立てるんだ。気が急いてるみたいに、視線を空中にさまよわせながら。

死んだ時間を動かすにはね、エンジンが必要なんだ。それが壊れた腕時計。しかもきちんと使い込んで、寿命を迎えた腕時計じゃなきゃダメみたい。

ねえ。

考えたことはない？

動かなくなった時計は、本当に壊れてるのか、って。

止まった時計は本当に死んでいるのか、って。

だってそうだろう？

止まった時計も、正確な時刻と針が重なる一瞬だけは、生きてるんだよ。生きて、時を刻んでる。そのチャンスが一日にたった二回しか訪れないだけ。その瞬間だけは、死んだ時計が息を吹き返すんだ。生きた時計と、全く変わりがないわけだからね。僕はそのエネルギーを利用した。

八時三〇分から九時三〇分。

僕は無数の腕時計を買い求め、この時間帯に寿命を迎えたものだけを選別していった。気の遠くなるような時間がかかったよ。でも想定より早く集まった。集まるたびにそれらを吊るし、ただ祈ったんだ。時間よ、動け。もう一度あの時間を動かして下さい、って。

「すると、その通りになったよ」

そこであいつ、ひどく悲しげな笑みを浮かべたんだ。これまで見たことのない、本物の表情だった。

「死んだ時計が次々と生を錯覚するたび、ここで死んだはずの時間も、ほんの一瞬だけ蘇るようになった」

そうしておれを、時計の真下へ導いた。

時計の死体置き場。

その真下に座った瞬間、悲鳴が聞こえた。

こま切れになった悲鳴。女性の悲鳴。

かすれた子供の泣き声。

そして低い、男の声。

「楽し…そ…にしろ…よ」

そこで気を失った。

はね起きるように身を起こすと、あいつがおれに毛布をかけようとしてるところだった。

……でもおれ、馬鹿だったからさ。怖いと思っちまったんだよね。あいつの優しさも、執念も、温室の枯れた花も、誰も走り回らなくなった庭も、全部、怖いって。

だからあいつに耳を貸さず、おれは逃げたんだ。

だってさ、おれ見たんだよ。あの部屋の止まった時計が現実の八時三〇分と重なって、全ての時計が順繰りに、自分は壊れてない、自分はまだ生きているって錯覚し始めた、あの時……。

切り取られた時間が濁流みたいに押し寄せて、おれがあお向けにひっくり返ったあの時。

おれ、見たんだ。

腕時計に結ばれた糸のもう一方。天井にピンで打ち込まれた糸の端っこが、銀色の点で見えた。その点がいくつも集まって、人の形になってたんだ。

手をつないだ、親子の形。

ああ。

命じられるまま楽しそうにして、それで殺されたんだな、って思ったよ。

あいつ、どんな気持ちだったのかな。

「被害者」の形に時計を並べてさ。

温室の枯れた花をふと見てさ。

毎晩毎晩、時計の下でさ。

妻と子供の死亡推定時刻を集めてさ。

どんな気持ちだったのかな。

あいつ、昨日工場を辞めたよ。
あの一件以来、気まずくて口もきけなかったんだけどさ。
最後にひと言、挨拶して行ったんだ。
「ようやく揃ったので辞めます」って。
てことは。
つまり。
誰か判るくらいには集まったんだろうな。
あいつ、本当に嬉しそうだったよ。

「夢のあいつ」　【録音者は、おそらく男性。背後ではごおごおと強風の吹き荒れるような音がする】

もう、ずっと昔のことですけどね、夢にあいつが出てきたんですよ。あいつはなぜか貼り付けたような笑顔をおれに向け、昔のままの姿でこう言うんです。

「ハルくん、幽霊になったら自分の身体に触っちゃダメだよ」って。

理由を問うと、あいつは冷たい声で遮るように答えました。「混ざるから」だと。

「幽霊はね」あいつの声は、まるで老若男女のささやきを重ねたようでした。「生乾きの絵の具で描いた、肖像画みたいなものなんだよ。だから触ると混ざるの。目玉も、肌も、髪の毛も、全部どろどろに混ざって崩れるの。一度混ざると元には戻らないから、ハルくんは失敗しないで」

「こっちに来た人はね、みんな失敗するの。自分が生きているのか確かめようとして、まず顔に触っちゃう。だからみんな顔が混ざってるの。でもその事実を受け入れられなくて身体のあちこちを触って、結局みんなドロドロの、薄気味悪い色のかたまりになってふわふわ漂ってるんだよ」

じゃあね、待ってるからね。

そう言って、あいつはおれに手を振りました。華奢で色白の左手が、ひらひらとこちらに向けられて。おれは思わず息を飲みました。あいつ……薬指だけがぐちゃぐちゃに混ざっていたんですよ。

そこで気付きました。あいつ、向こうへ行って真っ先に指輪を外そうとしたんだな、って。

あいつの冷酷な旦那が、あの牢獄みたいな家へつなぎ留めるために嵌《は》めさせた高価な拘束具を、あいつは外そうともがいたんだな、って。

結局おれはこの歳まで独りで生きてしまいました。もしあちらへ行くことになったら、せいぜいこの不細工な顔には触れないようにしながら、左の薬指をドロドロに混ぜてやろうと思います。

そうすれば、ようやくあいつと同じしるしを持てる。

あいつと同じ痛みを、永遠に共有できるんです。

それだけでも、まあ、なかなか良いシステムじゃないですかね。

「つゆしらず」

【カセットテープから流れる声をそのまま録音したような音質。雑音はないが、詳細不明】


またその話ですか？　なら今度こそハッキリ言います。うちはそんな怪しい家じゃありません。確かにうちは古いですから、おかしな気配や物音もしょっちゅうです。でも幽霊だなんて。どうせあの造園業者が流した噂ですよ。し、し、……精算で揉めてから、ほうぼうでうちを悪く言って回るんです。

先々代からの付き合いだか何だか知りませんが、庭師ふぜいが大きな顔をしすぎたんですよ。うちに厄介……ば、厄介者だと爪弾きにされて、本性が出たんじゃないですか？

息子の入院だって、あいつらが階段に何か仕掛けたのかもしれません。下の妹が心を病んだのも、ペットの犬に酷いことをしたのも、きっと……。

うちを詮索する前に、あの業者を調べて下さい。人影が庭を這いずるなんて馬鹿馬鹿しい話、ご近所の皆さんもあんまりじゃないですか。単に酔っ、酔っ……た人が勢い余って入り込んだだけかもしれない。それを幽霊屋敷だなんて、無礼にもほどがある。

もう帰って下さい。取材なんてハナからお断りです。二度と来ないで。


「これ、どう思います」

「どうってお前。こりゃ本物だ」

「本物？」

「ああ。追跡取材はやめとけ。藪蛇つつきたくなきゃな」

「どういうことです？」

「……例えばお前が人に取り憑いたとして、まず何を奪う？」

「幸せ、とか？」

「それもいいな。だがおれなら言葉を奪う」

「言葉ですか」

「ああ、それもひと単語だ。単語ひとつ奪うだけで、おれは何の不安もなくじわじわとこの家を締め上げてやれる。邪魔が入ることもない」

「言葉……」

「テープ、もう一回頭から聴いてみろ。こいつ『払う』って単語が出なくなってる。もうお祓いって選択肢は奪われてんだ、この家」

【喫茶店らしき店内BGMが流れている】

「歌」

私、中・高・大学と筋金入りの女子校育ちなんですけどね、高校一年のある時、抜き打ちの頭髪検査があったんですよ。女子校って、結構そういうのうるさいんです。先生に色と長さをチェックされた後、髪をかき上げてピアスの穴がないかを見せたりね。そしたら一人、目立っちゃった子がいて……。その子、両耳にイヤホン着けてたんですよ。

音楽聴いてたわけじゃありません。その子、「聴覚過敏」だったんです。だからノイズキャンセリング・イヤホンが手放せなかっただけ。先生はハッとした顔になって注意すらしなかったんですけど、クラスのいやな連中はそうもいかなくて……。その子が不登校になるまでに、ひと月もかかりませんでした。

そうこうする内に冬休みがきて、私、塾の冬期講習に行かされたんです。そしたら教室のすみに、その子がいました。所在なさそうにキョロキョロしながら、小さく肩をすぼめてて。あー、この子も親に強いられたんだーとか思って、なんとなくその子の後ろに座りました。

本当に、なんとなく。

それから毎日観察してて気付いたんです。その子、授業中ずっとエアコンの方をチラチラ見ては、溜め息をつくんですよ。確かに風の音がゴーってうるさいエアコンで。へー、あのイヤホンじゃ強風の音はキャンセリングできないのかね、とか思ってたら、その子、とうとう塾も休みがちになって。

数日ぶりにその子が塾へ来た日、私、授業中に手を挙げました。

「エアコンの空気がくさくて集中できない」って。

するとオールバックのおっさん講師は、「我慢しろ」ってバッサリ。別に優しさとかじゃないですよ？　友達でもないし、無関係なんで。だからあの時の行動は、自分でもよく解らないんです。

普通ならそこで引っ込むんですけど、その日の私は違いました。

他の生徒がくすくす笑ってる中、私、なぜかその子の手を引いて廊下へ出たんです。

「この子もくさいって言ってます、二人でエアコンのない部屋探しまーす」って。

ほんと、異常ですよね。若気の至りっていうか。友達でも……ないのに。

怒鳴り声を背に受けながら、二人で階段を駆け上がって最上階へ。途中で顔を見合わせると、その子、遊園地にでも来たような顔してました。

そこからはもう駄々をこねる子供と一緒。適当な空き教室に立てこもって「私たちはここがいい」の一点張り。結局つまみ出されて、午後はほとんど説教漬けでした。

でもなぜか私の言い分、翌日から認められたんです。午後は例の部屋で自習していい、って放任されちゃって。

当然エアコンはオフだから、寒さに震えながらの勉強です。別に友達でもないし、会話なんてありません。それでもカイロを分け合ったり、ひざ掛けを持ち込んだりして、私たちは冬の二週間をそこで過ごしました。

「お礼だけ言わせて」

その子が急に改まった口調で話しだしたのは、最終日のこと。なんかボソボソ感謝されたんですけど、別に友達じゃないし適当に受け流しました。

するとその子が、最後にこう付け加えたんです。

「この部屋の言葉が一番うるさかったけど、あなたがいたから平気だった」って。

それ以来、あの子とは一度も会ってません。結局高校には戻らなかったし、同窓会にも来ませんでしたから。でもあの時の言葉はふとした瞬間に思い出すんです。

「この部屋の言葉が一番うるさかった」――。

エアコンどころか、ざわめきや衣擦《きぬず》れもないあの部屋で、あの子はいったい何を聞いていたんでしょう。

言葉……あの子は確かにそう言いました。もしただの霊感少女なら「幽霊の言葉」って表現するはず。「あの部屋の言葉」なら、まるでイスや机みたく、空間のそこかしこに言葉がぽんと置かれてるみたい。

だから私、思うんです。あの部屋には彼女の言う通り、言葉がいくつも漂ってたんじゃないか、って。

もしかすると私たちの言葉は、消えることがないのかもしれません。口にした言葉は空気中でかき消されるような感覚ですけど、実際は幽霊みたく見えないだけで、その残響がふとした拍子に蘇ったりするんじゃないでしょうか。

あえて言うなら、言葉の幽霊。行く当ても実体もない、聞く幽霊。

そんなものが本当にあったとしたら、それが聞こえてしまう人には、本当に生きづらい世の中だと思います。聞きたくもない言葉が、むやみに溢れるこの時代。目は閉じられても、耳は塞げないでしょう？　両手の空かないせわしい時代に、私たちは聞くことと耐えることを、ただ、強いられてるんです。

文字通り、あの子にとっては地獄だと思います。ううん、それ以上かな。だってあの子が見上げたエアコンの向こうにあの空き教室があって、その向こうには……あるきらびやかな業界の、大きなビルがあったんですから。きっとあの子、そこから漏れる言葉の幽霊に耐えてたんだと思います。ずっと、独りで。

その業界に陰口や悪口が溢れてることは、周知の事実でした。売れるためなら人間、何でもしますからね。トラブルや衝突の数も、他の業界と比べ物になりません。きっとこのビル全体に、どす黒い言葉の幽霊が幾重にも積み重なってるんでしょう。しかもみんなで増やしてる。今日も明日も、飽きもせず。誰にも聞こえてないのを、いいことに。

だから私、愚痴と嫌味だけは絶対に言わないって決めてるんですよ。いつそれがあの子に届くか、分からないから。

ごめんなさい。私、バラエティにも出ません。ラジオもやりません。

私が皆さんに届けるのは歌声だけ。

私にとってステージは、エアコンのない空き教室と同じなんです。

私、いつも舞台を、あの教室だと思って歌うんですよ。あの子の地獄に私の歌声が幽霊になって響くように。あの子をさいなむ言葉の波を少しでもかき消すように。

それが私の……友達じゃない私の、せめてもの悪あがき。

「指」

【病院か？　背後でピッ、ピッと断続的な電子音。聞き手は時折、何かを書き留めている】

「ゆびでさま」って知ってますか？　まだ流行りたてのおまじないなんですけど、やり方はすごく簡単。寝る前にゆびでさまへの質問を紙に書いて、枕の下に敷く。そして電源を切った携帯の画面に手のひらを置いて寝ると、真夜中に手のひらを指でなぞる感触があって、それが質問への答えになってるんです。

私の勤めていた小学校でもそれなりに流行って、よく噂になってました。誰それの好きな男の子が判っただとか、テストの範囲を予想してもらっただとか。こっくりさんよりずっと個人的なものですから、特に校則で禁止するようなこともなく、むしろデジタル時代に微笑ましいことだな、って感じで。

ところがある日、そのおまじないがちょっとした騒動になったんです。

廊下のゴミ箱に、メモが一枚捨てられてたっていうんですよ。それもただのメモじゃありません。誰かが「ゆびでさま」で使ったとしか思えないメモなんです。

その現物が、こちら。

……ああ、すみません先生、持っていただいて。

「かなえちゃんは　いつこうやくんと　わかれますか」

そう読めるでしょう？　私が担任をやってた四年二組でも話題になって、あらぬ憶測を呼びました。でも犯人捜しをしようなんて風潮にはならなかったんです。それもそのはず。四年生にはかなえちゃんという女子生徒も、こうやくんという男子生徒も、存在しなかったんですから。ならば別学年か、というとそうでもない。その年の全校生徒には、かなえもこうやも在籍していませんでした。結局当事者不明のまま、ひとまずの全校集会では「勉学に不要な物品の持ち込みを厳格に禁ずる」と強調するしかなかったんです。いくら流行りのゆびでさまも、過程に睡眠を介する以上、学校で執り行われてるわけじゃないですからね。

さて、それからひと月と経たない頃でしたか。その夜の私はクラブの顧問に採点に、ささいな業務がかさんだことで、夜の一〇時を回っても職員室に残ってたんですよ。家庭のある先生はみな帰宅して、校内には独身男の私一人。鬼のいぬ間になんとやら、ってやつで、音楽なんて聴きながら仕事をこなしていた時です。

どこか遠くの方で、電話のベルが聞こえたんですよ。それも今どき珍しい、固定電話のじりりりって音。真っ暗な廊下に顔を出してみますが、別棟に控える警備員さんが反応した様子もない。仕方なしに闇の中、そろりそろりと音のみなもとをたどってみました。怪物の食道みたいな廊下を、奥へ。奥へ。

うちの学校、玄関をしばらく行ったところに、もうほとんど使われてない公衆電話があるんですけどね。見ればそいつが鳴ってたんです。じりり、じりり、って。さすがにおかしいとは思いつつ、なぜか私、それに出たんですよ。緑の受話器を取って、「ハッシンシャ　フメイ」って表示に首をかしげながら。

もしもし。間の抜けた私の声に、相手の発した言葉が覆いかぶさります。

「うちの子ね」

どうにも保護者らしい、中年女性の声でした。

「ひらがなの『え』だけうまく書けないでしょう？　だから私がいつも代筆してあげるんですよ。かなえちゃんのえをね。それも親のつとめですからね」

なぜかその声を聞く内に、頭の芯がじんわりと痺れるような感覚があったんです。

「うちの子ね」目の前には、墨をなすったように真っ黒な窓。「かなえちゃんが嫌いでね」どこか遠くの町灯りがばら撒かれた窓。「私がついてなくちゃね」黒々と大きな向かいの校舎。校舎の影と、空の境界線。「だめなのよ」

思わず目を見張りました。

校舎の屋上が描く真っ直ぐなライン。その上部に広がる少し藍色がかった夜空。

その境界線上に、
誰か、立ってる。

手をつないだ、二つの影。

親子のようなシルエット。

その大きな影の方が、ゆっくりと手を振りました。

「かなえちゃんだけ引きはがそうとしても、だめなのよ」

私、そこで気づいたんですよ。

二つの影を結ぶ、手の部分。それが、徐々に短くなってることに。大人と子供、並んだ二つのシルエットが少しずつ近づいて、何かひとつの、全く別の形になろうとしていることに。

ああ、だめだ。最後まで見ちゃ、だめになる。そう直感した私は、なぜか目をつむる代わりに、窓に手を押し当てました。この手の向こうであの影が、もう人じゃない何かになってこちらを見つめている。そう思うといよいよ手を離せなくなって、ただ震えながら手の甲を凝視していた、その時です――

私の手のひらを、さっと指でなぞるような感触がありました。

冷たいガラスの硬質な平面を無視して、何かが皮膚の上をうごめいている。その軌道が、いやおうなく私の脳裏に焼き付きます。

指が

手のひらを

こんなふうに

滑って

「先生？　高野先生？」

そう揺り起こされて目覚めました。

真っ暗な教室。

見慣れた、四年二組。
私は机のひとつに腰掛け、机の上の携帯電話に手を載せていました。
怪訝な顔でこちらを見下ろす警備員さんが、ふと、懐中電灯の光を黒板へ向けます。
「ありゃいったい何です？」
不確かな光の輪が照らし出したのは、相合い傘の落描きでした。
縦に伸びた柄の一方には「かなえ」。
その隣に寄り添う「こうや」の文字。
私はそれと、手を載せたまま動かせずにいる携帯とを見比べて、
恐れおののくでも、
驚き慌てるでもなく、
不意に思い至りました。
ああ、これは宣誓なんだろうな、と。

幸いにも、「ゆびでさま」はまだ私の地元で局所的に流行っているに過ぎません。ですから次の「こうやくん」が誰になるのか、それも私には分かりません。それでも私がこうしてあの不可思議な体験をあなたにお話ししたのは、ひとえに私の……教育者だった私の意地みたいなものです。

指先から無限の世界を旅する、この時代。

スクリーンを通してあなたの指に触れようとするものは、決して善意だけでないことを、どうかよく覚えておいてほしいのです。

そうでなければこんなものを。

書いた覚えのないこんなものを枕に敷いて、ただ祈るだけの毎日が訪れるかもしれません。

そうなった時、あなたを助けてくれる人がいるとも限りません。私のように家族のない独り者なら、ついにこうして「スクリーンに手を載せる」という手段すら、奪われるかもしれないのです。

そうなった時には、もう手遅れ。

だからどうか。あなたの町で流行っても。ゆびさまにだけは、手を出さないで下さい。


しばらくの間を置いて、少女とも中年女性ともつかない声が入っていた。

「りょうてがないからあいあいがさなんだよ」

【非常にノイズが多く、聞き取りづらい。背後に行き交う車の音?】

「招く」


招かれなければ家に入れない怪異ってのがあるでしょう?

玄関開けなきゃ大丈夫、ってやつ。かつて私の村にもそんなのがいましてね。名前は特になかったんですが、女だってことは誰もが知ってました。ひとつ面白いのはね、そいつが来たら必ず「罵詈雑言を浴びせなきゃならない」ってしきたりです。

そいつ、神出鬼没なんですよ。季節を問わず、ふと玄関先を見ればすりガラス越しにそいつが視える。

背の高い女でね。頭なんか、ほとんどひさしにつっかえるようでした。

すると家人は慌てふためき集まって、女を口々にののしります。優しい母も、大人しい祖父も、溜まったものを吐き出すように。

しばらくすると背を向けて、そいつはどこかへ去っていく。声を荒らげた家族の方も、肩で息なんかしながら頭を下げるんです。ああ、女の背が高いのは罵声を全身で浴びられるように、ってことなんだなあと思うと、怖い半面、余計に切なくてね。子供の私は母にすがりついて、さめざめ泣いちまったのを覚えてますよ。

それが子供心に気の毒でね。酒の席でじいさんに聞いてみると、どうやらそいつ、ずうっと昔に村の男が作り出したものなんだそうですよ。

私の村、詳しくは言えませんが、女がいなくちゃ成り立たない商売をやってましてね。そのせいで男どもは女に頭が上がらない。亭主も顔役も、みな女の下なんです。

それでも女をしいたげたい。顎で使ってあざ笑い、女の自由を奪いたい。その欲望をぶつけるために、何世代も前の男が、あれを作ったんだそうですよ。

ずいぶんせせこましい話でしょう？

でもそいつは役割を自覚し、男の期待に応えるべく進化していった。戸口を回ってののしられ、男の不満をしょいこんだ。

それがある日、爆発したんですかねえ。行商からの道すがら、私がふっ、と天を仰ぐと、村の方の空が真っ赤に染まっていましたよ。大変な山火事でね。私の家族も、親類の家々も、飼ってた家畜のたぐいすら、全て消し炭になりました。あとで聞いたところによると、出火元は一軒の家だそうです。男が一人で住み暮らす、小さな家。

逃げ延びたばあさんがうわ言のように言ってるのを、私はとなりで聞きました。

「あの家の人が……あいつを、抱き寄せて、中へ……」

そこで気まずそうに目を伏せる老婆を見て、私すごく嬉しくなったんですよ。

この村の男はそうだよなあ、って。

やっぱりいたんですね。気の毒に思ってる人が。

もうお分かりでしょう？　つまりそういう理屈で、あいつは家々の屋根を飛び回るんですよ。

村なら多くても、罵倒されるのは数十軒で済みました。でもそれじゃ気の毒だ。あいつは他人の不満を浴びて、嗜虐にあずかるのが役割ですからね。それならもっと相応しい場所がある。何万何十万という人がねたみ、そねみ、日々うっぷんを溜め込んで飲み下す、この大都会ですよ。

私の予想通り、あいつは都市向けに進化を繰り返しました。

いい子だ。本当に素晴らしい。

かつて着慣れた姿を捨てて、その時代、その瞬間に人々が思い描く「鼻につく女」へと、少しずつその身を変えていったんです。

赤く派手な洋服は気に入らんでしょう？

すらりと伸びた手足がねたましいでしょう？

たおやかで豊かな黒髪は苛立つでしょう？

そんなやつが容姿を、円満を、幸福を誇示しているさまが、鼻につくでしょう？

だからあいつはああなった。全ては必然だったんです。皆さんの望む、必然。

ただひとつ面白いのは、あいつが壁を抜けられなかったことですよ。神出鬼没は変わらんが、すぐさまあなたの前には立てない。元が「招かれなければ家に入れない怪異」ですからね。あいつにとっても壁は壁、床は床だし、家は家なんでしょう。だからあいつは目的のため、風のように跳ね回ることを覚えたんです。

今度誰かが憎くなったら、心のうちで呪詛を吐きつつ耳をそばだててご覧なさい。

あの村の血筋にしか姿は視えないが、あなたにも音なら聞こえるでしょう。どこか遠くから無機質な家々を跳ね回り、あなたの玄関先へ飛び降りるあの子が、ふっ、と脳裏に描けるはずですよ。

逃してやって、本当によかった。

# プロットと題されたテキスト・8

暗い廊下をめぐりながら、シャッターを切って回る。

ぐわん、ぐわん、と反響していた怪談を、そこで一時停止した。

例の部屋だ。物言わぬカメラに睨まれた、あの部屋。

夜警創設のきっかけとなった、みゆきちゃん事件の現場。

旧油絵研究会。

ペンライトで、飾り気のないドアを照らしてみる。上部の覗き窓は封がされておらず、筒抜けになっていた。ここから中を覗き込むことができそうだ。

何度か尻込みしつつ、室内を照らす。

まるで空洞のようだった。

ほとんどの備品が運び出された後なのか、窓から忍び入るかすかな月光のほかは、なんの気配もない。

事件のあったその日以来、ここだけが精彩を欠いているような、そんな気さえする。

シャッターを切り、振り返る。

部屋とちょうど対面する廊下の壁に、何かあった。

白紙だ。Ａ４サイズの、ありがちなコピー用紙。純白でまっさらなそれが、向かいの壁に四隅をテープで留められている。

さながら描き手を喪ったキャンバスのようで、私はすぐに目をそらした。

サインのない絵。

まるでそう見えた。

永遠に描き込まれることのない画家の名を、いまなお渇望してやまない油絵。意味ありげな白紙の掲示には、どこかそんな物寂しさがあった。

そこで少女は私の手を引く。

ああ、そうだ。この子がいたんだった。華奢で冷たいその手を取って、私は初めからこの子と一緒だった。奇妙な音声に聴き入っている最中も、こうして棟内を巡り歩くあいだも、ずっと。

「[redacted]」

そう言って少女は不安げに、ゆっくりと私の方を見上げた。なるほど、だから私を連れてきたのか。打算的と言えばそれまでだが、ここまで再生した以上、それができるのはもう私しかいないのかもしれない。

しかし、いったい何と書けばいいのだろう。

「[redacted]」

意表をついた提案に、思わず苦笑する。さすがにそれは論理の飛躍だ。仮にその人物が署名に相応しかったところで、もはやその真意を問うことはかなわない。

その人物はもう、この世にいないのだから。

そこでふと気づく。

そうか。

求めるべきは名前か……。

# 提供者不明の怪談・2

「名前」

【詳細不明】


年末に企業が電話口で流す、自動音声あるじゃないですか。

「畏れ入りますが、弊社は一月三日まで年末年始のお休みをいただきます」って内容の定型文。

私、あれの録音を持ちかけられたことがあるんですよ。

「なにぶん古い音声だから、雑音が酷いってクレーム入っちゃってね」とか言われて。

一二月のある日。入社当初からお世話になってる男性の先輩に、室名表示もない手狭な部屋へ通されました。すごく、汚い感じの部屋です。四方の壁には書類が何枚も貼り重ねてあって、部屋の中央に……オープン・リールって言うんですか？　中身がむき出しの、大ぶりのカセットテープみたいな録音機が置いてありました。

先輩は簡単に使い方を説明すると、

「これ読んだら一時間くらい休憩しててていいからね、佐藤かえでさん」って、なぜか私をフルネームで呼ぶんです。それが妙に機械的っていうか、血が通ってないような声で。質問しようと口を開きかけた私を手で制し、先輩はそそくさと部屋を出てしまいました。

暖房もない、寒々しい部屋です。なんだか急に寂しくなって、早く済ませようと録音機のスイッチを入れました。でも私、間違えちゃって。赤丸の録音スイッチじゃなく、三角の再生ボタンを押しちゃったんですよ。するとセットしてあったテープから、こんな音声が流れ始めたんです。

『これ読んだら休憩入っていいよ、佐藤えいこさん』

先輩の声？　と思っていたら、続けて『はい！』って元気な女性の返事。

ああ、これ前の人が吹き込んだ時の音なんだ、って気付きました。

しばらくすると何年も前の佐藤さんが、例の原稿を読み始めます。たどたどしい朗読。ちょっと可愛いな、なんてぼんやり聞いてたら、その声は唐突に始まりました。

「お電話いただき、ありがとうございます」

「サトウサン」

「畏れ入りますが、弊社は」

「サァトウサン、ナンデ」

「……のお休みをいただいており」

「ナァンデェサトウサン」

「より通常通り営業いたしますので」

「サトォナンデェ」

「お掛け直しいただけますよう、お願い申し上げます」

「オマエモォオ…ォォ……オォオ……オオ」

しん、とまた静寂が訪れました。なんでもないアナウンスに紛れ込む、ざらついた声。

若くはつらつとした声に絡みつく、ノイズみたいな声。

それがあまりに気持ち悪く、しばらく耳から離れませんでした。

何より最後の声……。「オマエモ」という、あの声……。

あれだけなぜか、私に向けられたような気がしてなりませんでした。

時間があべこべだから、そんなことあるはずないのに。

そこまで考えた時、なぜか私は衝動的に、部屋の壁へ飛びつきました。幾重にも貼り重ねられた書類をめくると、その奥の奥。灰色の壁へ押し隠すように留められた、一枚の写真が出てきたんです。

たぶん、履歴書に貼る証明写真。こちらにぎこちない笑顔を向ける、利発そうな若い女性。

ああこの人が佐藤えいこなんだ、ってすぐに直感しました。

恐らく、あったのでしょう。機材を囲む他の壁にも、それぞれ別の「サトウサン」の写真が。でもそれを確かめる勇気は、あの時の私にはありませんでした。足をもつれさせながら部屋を出ると、すぐにオフィスへ戻りました。人のいるところに行きたかった。先輩の姿がないので尋ねると、すでに早退していました。

それから先輩がどうなったのか、私がどういう経緯で会社を辞めたのかは……すみません、伏させてください。でもひとつだけ。これだけは記録に残していただけませんか。私がテープの最後に聞いた声。火に巻かれるように苦しげな、「おまえも」ってあの声。

あれ……佐藤えいこさんの声でした。

その会社、まだ都内にあります。

「マンション」

【背後に店内放送など、雑音がひどい。量販店のカウンターか？】

僕の家、なんてことない田舎のマンションなんですがね。ひとつだけ絶対厳守のルールがあるんですよ。

裏山に面した電灯は、隣どうし別々の色にしなくてはならない。

……なんだか数学の四色問題みたいでしょ？

でも条件の割にすごく安いから、みんな守ってます。それで外から見るとこうなるんですよ。窓それぞれに、色とりどりの照明が灯る極彩色の巨大な箱……。

でも気になるでしょ。通りに面したライトならまだしも、背後は家ひとつない裏山ですよ？ 見てあざける人もいないのに、誰が灯りの色なんか気にするんだ、ってね。素人だてらに聞き込みをやっても、住民の皆さんはこの話になると口をつぐむんです。こりゃあどうも過去に何かあったようだと踏んで、僕は一計を案じました。

モデルルームとして開放されてる部屋の電灯を、隣と同じものに換えといたんですよ。明白なルール違反ですね。そして僕は部屋のクローゼットにそそくさと潜む。

たっぷり二時間くらい待ったかな。案の定、リビングへの廊下をドタドタ駆けつける足音がいくつもしましたよ。どうやらマンションの自治会長に管理組合の組合長と、そうそうたるメンバーが集まってる様子。

すると老齢の組合長が、換えたライトを見るなり言ったんです。

「誰がやったんだ、これじゃ目移りの時間が稼げんだろ」って。

呼応するようにその場の全員が、「朝までもつだろうか」とか「でもここに住人はいないから」とかヒソヒソやり始める。

その会話を聞いて、僕にはようやく解ったんです。不可思議な四色問題の、課された意味が。

裏山にいるんですよ。多分、すごく優柔不断なやつが。

マンションの灯りが同系統の一色だと、そいつは迷うことなく狙いを絞り、するすると山を降りてくる。でも色の選択肢が増えれば増えるほど、そいつは迷うんです。

ど・れ・に・し・よ・う・か・な。

そう指先をさまよわせ、白々と夜が明けるその瞬間まで、そいつは血走った目を部屋にめぐらす。

時間稼ぎが功を奏すと無事僕らは次の朝を迎え、また夜までの自由を謳歌する。

そんなことがもう、何年も続いているんだと思います。このマンション、条件の割にすごく安いんです。皆さんすごく温かいんです。すごく歓迎されるんです。そりゃそうですよね。選択肢がひとつでも多くなきゃ、「それ」が山を降りるまでの時間も短くなるんですから。

このマンションが市街地と裏山を隔てる壁のように建てられた理由も、なんとなく解りました。あのマンションにいる間、僕は一人じゃない。ただの「一色」なんですよ。無邪気な視線を惹きつける、色とりどりのキャンディ。指をくわえた子供の視線を、内地のあなたがたから逸らす役。

だから店員さん。恥を忍んで尋ねます。

ショッキング・ピンクの蛍光灯なんて、売ってないですよね……？
え、あるの⁉

「道女」 【マイクのせいなのか、音声は反響していて聞き取りづらい】

新生活を始める皆さんへのアドバイスなら、色々ありますよ。友達はきちんと選ぶこと、意固地になって思い込む前に経験者へ相談すること、お金で背伸びはしないこと。

しかし何より、私が推しておきたいのは「立ち往生しないこと」ですね。

そう思うきっかけになったのは少年時代の、ある不思議な思い出なんですよ。

これを言っちゃあバレちまうかもしれないが、私の故郷、ちょっとおかしいんです。

北山ってのが東にあり、東町ってのが南にある。そいで南公園は西のはしっこ。つまり実際の東西南北と、町のそこかしこにつけられた方位の名前が、ぴったり九十度ズレてるんですよ。なんとも歯がゆい矛盾でしょ?

小さい頃はなんとも思ってなかったんですが、やっぱ高校あたりから気になり始めてね。郷土史探偵なんか気取って、町の古株にちょいと当たってみたんですよ。

しかしてんでダメ。悪友の親父が町長補佐だったんですが、その人も町長も、校長も、道端で将棋打ってるじいさんも、みーんな理由を知らないんだから。

これじゃ新聞社へ持ち込んでひと儲けしようって計画も水の泡だ。四方の問題で八方塞がりとはこれいかに、と思ってたところへ、買い物に出てた母親が朗報を持ち込みました。漢方漢方うるせえ薬屋のオヤジが、昔同じことを調べてたと言う。善は急げとばかりに、私ゃ早速自転車にまたがりました。

変な匂いのする薬草がいくつも吊るされた店先で、オヤジは顔をほころばせて私の取材を受けました。するとこれが面白くてね。菩提寺の蔵で見つけた古文書に、でたらめな方位を地名にした経緯が少しだけ残ってたそうなんですよ。それによると理由はひと言、「つなぎとめるべく」そうしたんだとか。

「つなぎとめるって、何をだよ？」

私がそう訊くと、オヤジはぽかんとした顔で言いやがるんです。

「知るもんか。知ってりゃ本にでもして、ゼニなんてこさえて、店も畳んどるわい」

じゃあせめて古文書だけでも見せてくれよとせっつけば、「寝タバコで家ごと焼いちまった」と情けない。まったく、あの町の老人ってのはみんなどっかズレてんだ。

肩を落として溜め息なんかついてたら、そこでオヤジが珍しく、神妙な顔になったんです。

「お前もそろそろいい歳だ。どこか働きに出るのかい」

おうよそのつもりだ、と胸を張れば、なぜか寂しそうに、

「でもこんな町じゃ、誰も根を下ろしてくれんだろうな」

なんて、枯れかけた薬草を見つめてやがる。

結局、探偵ごっこもそこで袋小路に入りましてね。ま、お勉強もロクにできないハナタレ小僧じゃ、このあたりが限界ですよ。いつしか方位の謎に挑んでたことも忘れ、月日は過ぎ、皆さんと同じ卒業の日を迎えることになったんです。事件はその頃、三月のなかばに起こりました。

当時はまだ高度経済成長期のまっただ中でしたからね。公共施設やら団地・宅地の造成やらで時

折、大がかりな住民説明会なんかが開かれてたんです。そんな気風がとうとう私の町にも届き、乱開発反対運動をやってるグループに引っついて、説明会の末席に肩を並べてみたんですよ。

騒々しい会議でね。ここの倍くらいはあるホールで開かれたんだが、列席した連中はみんな殺気立ってるもんだから、人いきれでとにかく暑いんですよ。心の中の怒気がそうさせるんでしょうね。企業だか行政だかの担当者に罵声を浴びせるわ、反対のコールをご唱和するわ、もうやりたい放題。

さては住民を煽ったやつがいるな、と思いましたね。

そんな会議も中盤に差し掛かった頃、担当者が「開発区域との位置関係は……」って、黒板に町の略図を書いたんですよ。

「方角はどうだったかね」

突然、聞き覚えのある声がして驚きました。あの薬屋のオヤジがすっくと立ち上がり、担当者に微笑みかけてたんです。てっきり罵倒されるものだと思ったんでしょうね。担当の中年は、意表をつかれたようにあの、東西南北を示す矢印のようなマークを、黒板に書き加えました。

その瞬間でした。急にひどいめまいがして、私は簡素な木製のイスから滑り落ちたんです。吐き気がする。頭痛がする。何より視界がズレたようにぼやけて気持ちが悪い。誰か、と必死に頭を起こせば、出席した住民のほとんどが身をくねらせ、うめき声を上げていました。

まるで理解が追いつかず、それでも懸命にあたりを観察して、そこで気づきました。苦しみにのたうつ人波の中、ただ一人たたずむ薬屋のオヤジの正面に、着物姿の女が立っていたんです。

いや、正確には着物なんてものでもないんでしょう。もっと古い、ボロ布一枚をなんとか工夫して着こなした、遠い遠い時代のもの。

女は私と同じくらいの年格好でね。奇妙な結い方をした髪に、血の気のない真っ白な肌、両手首に赤い帯を一条、橋のように結んでいたのが印象的でした。

そして何より、あの顔……目も鼻も耳もなくのっぺりとして、古い文字のようなものがうじゃうじゃと書かれたあの顔が、忘れられないんです。

オヤジはその女を懐かしそうに見つめてね。口の中で何事かつぶやいているのが見えました。するとと女はオヤジにうやうやしく一礼し、オヤジの指さす先、町の名前にある偽物の北じゃない、本当の北へ、つ、と一歩踏み出すところで霧のようにかき消えたんです。

冗談みたいな話でしょう？

これでも大事な思い出なんですよ。もうひとつ冗談めいてるのは、この騒動が地方ニュースにも新聞沙汰にもならなかったことです。誰もその理由は訊きませんでした。あれだけ熱心だった反対運動や開発運動もすぐ下火になり、なぜかこの事件は町のタブーになったんです。

でもひとつ納得したことがあります。なるほど「つなぎとめるべく」してこの地に縛られていたのは、あの女か、って。いつの時代の者か、どんな因果のなせるわざかも解りません。

ただ北へ向かう女がいて、
それをつなぎとめようと欲する者がいて、
ならば北の定義を曖昧にしてしまえばいい、と気付く者が現れた。

女がこの地へ踏み込んだのを見るや、かつての住民たちは町ぐるみで方位の定義を乱した。北を北に配さず、誰もがその認識を共有した。女は北へ踏み出す一歩がもつれ、この小さな町に立ち往生を余儀なくされた。北へ向かうという本能と、あるはずの北がないという事実が、あの女の身を蜘蛛の巣に絡めるよう、囚えてしまっていたのでしょう。

まさかその束縛を、いずれ方位の再定義によって解く者が現れるとは、思ってもいなかったんでしょうがね。

こんな話、信じなくて構いません。でもひとつだけ覚えておいて下さい。万物不変の法則を除けば、物事の定義は曖昧です。これから皆さんの周囲には、さも当然のように定義を歪めてかかる人々が、入れ替わり立ち替わり現れるでしょう。北が北でなく、南が南でないと吹聴する我々のような者たちが。

どうかそうなった時、立ち往生だけはしないで下さい。その混乱を、その呆けた顔を、手ぐすね引いて待つ者に利用されてはいけない。あの女と薬屋のオヤジは、それを私に教えてくれたんです。

校長らしく、おかしな長話ですみませんね。

皆さん、このたびはご卒業本当におめでとうございます。

【時折、ラジオのチューナーを合わせるような気配がある。かつて公共の電波で放送されたものか？】

「新聞勧誘」


ほんと昔のことなんですけど、小さい頃住んでた団地に新聞の勧誘員が来たんですよ。

まだ若いお兄さんでね、玄関先に上がるやいなや「ほら、良いでしょう」と商売道具の新聞を広げ、嬉々としてこちらに見せるんです。そのまま記事のひとつを執拗に指差すんですが、それ、殺人事件の記事なんですよ。

しかも同じ団地で起きた、ずーっと昔の事件。そこで私も母も「あれ？」と気付くんです。この新聞、殺しの記事以外は全部でたらめだって。語法も体裁もめちゃくちゃな文章が、ただぎっしりと集められただけだって。ところがお兄さんは相変わらず、「良いでしょう、良いでしょう」とニタニタ笑ってる。

私も母も怯えきってね。男相手じゃ叩き出すのも怖いから、すぐ警察呼んだんですよ。そしたら受話器取った拍子に男が真顔になってね。

「忘れさせねえからな」って捨てゼリフ吐いて新聞を壁に叩きつけたら、風みたいにぬるりと出てったんですよ。

しばらくしてやって来た警官、壁際でひしゃげた新聞を見るなり言うんです。

「例のやつですね。赤ん坊の」

赤ん坊？

不思議に思って聞き耳を立ててたらね、どうもそいつはちょっとした有名人だったらしいんですよ。あちこちで新聞の勧誘を騙ってイタズラをやる、愉快犯ってやつでね。

しかもそいつが持ち込む記事ときたら。

どれも『スズキの赤子が絵の具で刺殺』だの、『タナカの赤子、メノウを吸引死』だの、現実にはあり得ない事件がこと細かく書いてあるんだそうですよ。

怪訝な顔の私たちに、例を示そうと思ったんでしょうね。「ほら」と警官が新聞を差し出して、絶句しました。

そこにはね、

『XXの赤子、新聞勧誘と笑い死に』

そう書かれてたんですね。


XXはもちろん、うちの名字ですよ。


厭な話でしょう?

でもなんでかなあ。歳食った今じゃ、そう悪い思い出でもないんですよね、これが。

平凡極まる人生で、私の名前が新聞の一面を飾ったのって、あの時だけですからね。

「くつわ」【音質は粗く、語り手がしきりによだれをすすり上げるため全体的にひどく耳障り】

ある女への、懺悔を聞いてもらってもいいですか。

昔おれが追い詰めちまった、ある娘の話です。

……今で言う引きこもりの娘でね。強盗に入った家の二階で、ちょこんと姿見の前に座ってたんで、おれが両手両足を縛り上げたんです。そして猿ぐつわを嚙ませようとした。他のやつと同じように、きゃんきゃん騒ぐと思ったから……。

でも、あの娘は違ったんです。

そいつ、ふた目と見られないほどに歯並びが悪かったんですよ。唇が薄いせいで、余計に目立つんでしょう。おれと兄貴が刃物ちらつかせても、神経質に口元ばかり隠してた。まるで命なんでどうでもいいと言いたげに。

猿ぐつわ嚙ますときに間近で見ましたけど、まるでサメの歯を移植でもしたような、そんな有様でした。

恐る恐るその口を布で縛ると、なぜかあいつ、歓喜に満ちた金切り声を上げたんです。強盗二人には目もくれず、鏡に映る自分をじいっと見つめてる。小刻みに足をばたつかせ、

「あたし綺麗?」「あたし綺麗?」って。鏡越しにおれの方へ寄越す視線が、なぜか言葉にできないほど恐ろしくってね。

恐怖を紛らわすため、「黙ってろ!」なんて背中を蹴飛ばしてみたんですが、今度はその娘、今な

ら一番綺麗なあたしが残る、警察の撮る写真に綺麗なあたしがいっぱい残る、ってぶつぶつ言い始めた。

ああ、この家はヤバいと退散しかけたところで、そいつ、何をしたと思います？　おれの目の前で、舌を噛み切ったんですよ。

猿ぐつわの隙間からぬるりと長い舌を覗かせ、布を噛む歯の奥に並んだ、あのサメのような無数の歯でもって、自分の舌を噛み落としたんです。

少しずつ鮮血に染まっていく猿ぐつわが、まるで大きく裂けた口のようになってね。おれたちは泡を食って外へ転がり出ました。家の方からはずっと、あの女の金切り声が聞こえるようでしたよ。

……それからです。あの有名きわまる都市伝説がささやかれるようになったのは。

後悔してます。おれが一線を越えさせちまったんですよ。外へ出るのさえ怖かったあいつに、きっかけと方法を与えちまった。

信じてくれますか、あれ、口じゃないんですよ。猿ぐつわなんです。あいつは口なんて見せません。それが証拠に、誰もあいつの「歯」を見たって言わないでしょう。

あいつが疾風のごとく走り回るのも、おれなら理由が解ります。走ってりゃ歯を見られずに済むからですよ。布の奥に覗く不揃いな歯を、まじまじと見られずに済むからです。あいつが子供にばかりかまうのは、当時のガキなら歯並びをどうこう言わないから。

……そう考えると今は、あいつみたいな人間がどこにだっている時代ですね。

見た目ばかり気にして、血を滴らせて形を変えて。

おれにはどうも、あいつの方がいくぶん、綺麗に思えるね。

「祠」

【途中で電池残量の低下を示す通知音が鳴るのだが、それが例のボイスレコーダーのものと一致】

ちょっとした縁で、「必ずご利益のある祠」ってやつにお参りしたんですよ。さすがに場所までは言えませんが、国内のとある孤島でね。島の大部分が起伏の激しい森に覆われていて、祠はその奥深くにありました。実は闇ルートのツアーが組まれてましてね。私は偽名で、うまいこと潜り込んだわけです。

当日の参加者は二十名ほど。見ればいずれも政財界の有力者ばかりで、朝から気の優れぬことといったらなかったですよ。つまるところ、やつらは祠のご利益を裏金や接待代わりに使ってるわけです。何せ「必ずご利益がある」んだから。非科学の恩恵すら一部の高所得者層に独占されてるなんて、夢のない話じゃありませんか。

それはともかく、当日は雨でね。

ぬかるんだ泥道を一列になってひた進むこと、数時間、ようやくそれが見えてきた頃には、全員ずぶ濡れでした。

祠は小さな石を縦長の四角にくり抜いたような形で、屋根すらありません。しかもおかしなことに、位置は足元なんですよ。誇張じゃなく、地べたにぽつん、と置かれてる。

そこでコーディネーターの男から説明がありました。

「これから皆さんには順番に願掛けしていただきますが、ひとつだけ注意点があります。祠にお参りする際は、必ず鼻と口を手で押さえて下さい」って。

確かに両手で拝むのと顔の下半分を押さえるのとは大差ないですが、なんとも不思議な決まりでしょう？

とはいえ、ここまで来て波風立てる理由はない。先頭の一家から順に、我々は地面に這いつくばってお祈りしました。位置が低すぎるもんで、腹ばいにならなきゃ祠と対面できないんですよ。もう上着もズボンもぬかるみでどろどろ。

私欲まみれの拝礼がひと通り終わると、再び数人のコーディネーターが声を張り上げます。

「お疲れ様でした。船着き場までの道は再び徒歩になりますが、どうかご辛抱下さい。諸般の事情から、船着き場では二時間程度の休憩タイムを設けておりますので、すぐに解散とはならない点、ご了承いただけると幸いです」

私を皮切りに、参加者からは深い溜め息が漏れました。

汗みずくのへとへとになって、砂浜でへたりこんでいる時でした。最初にお参りした一家の父親が、何やら黒服のコーディネーターと揉めています。野次馬根性にムチ打って駆けつけると、そいつの連れてた息子がおかしい。半開きの目はうつろになって、あぁとか、うぅとか眠たげにうめいてるんです。

医者に診せたいからすぐに船を出せ、と怒鳴る父親を笑顔で制し、黒服は少年にノートを一冊手渡しました。

「ぼく、これでお絵描きしようか」

するとあんなに眠たげだった少年が、まるで雷にでも打たれたかのようにペンを走らせたんです。ガリガリ、と削るように描かれたそれは、大きな人間の顔でした。

ところがその顔、おかしいんですよ。

顔なのに、鼻と口がない。黒服はそれを認めるや、部下の数人に何やら耳打ちをする。すぐに部下の一人が少年の手を取り、なぜか森の方へ連れて行こうとするんです。

当然、父親は怒髪天をつくように激怒しました。それに対する黒服の言い分ってのが、また変でね。

「息子さんはもう、この島から出せません」

あの黒服、確かにそう言ったんですよ。貼り付けたような笑顔で。なんのためらいもなく。

あっけに取られる父親も、ついには森の向こうへ案内されて行きました。他の参加者はどこかホッとした様子で、目を逸らすように海ばかり見てる。情けない話ですよ。

そんなことがあったもんだから、本土に帰っても祠のことばかり調べちゃって。

すると、ある郷土史の本に、面白い記述が見つかりましたよ。

かつてどこかの村には、その一帯に垂れ込める有毒なガスから身を守るため、鼻と口を押さえてお参りしなきゃならんおやしろがあった、と。

なるほど有毒ガス……。あの祠があった場所は起伏のある低地だったから、その手のものが沈滞してておかしくはない。少年の症状もガスによる酩酊状態だと説明されればそれまでだ。黒服の言葉だって、「船旅で疲れさせるよりどこかで休ませましょう」と解釈すれば、頷ける。

しかしね、私、思うんですよ。

あの絵……。少年が描いた、鼻と口のない人の顔。

あれ、祠の視点で見た人間の顔そのものじゃないですか。

もし、ですよ。もし仮に祠に巣くう何かが、あの子の身体を拝借してたとしたら。

そいつが描く人間の顔って、まさにあんな具合になるんじゃないですかね。だってそいつは、人間って生物の顔の下半分を、見たことがないんだから。

そう考えたらもう止まらなくてね。もしかすると鼻や口を押さえるのはガスのためじゃなく、逃げようとする「そいつ」を見分けるためのルールなんじゃないか、とか。そういえばあの祠も、身体を丸めた子供がちょうど一人分収まるくらいの大きさだったなあ、とか、色々考えちゃうんですよ。

ま、本当のとこは分かりませんがね。

ただ少なくとも、あいつはまた逃げるだろうって確信はあります。例えばあなたが「他人を否応なく幸せにしちまう」って超能力を持ってたとして、あんなやつらをホクホクさせたいですか？

絶対いやでしょう？

そりゃ、無駄だと分かってても逃げますよね。

本土を離れる前に、あなたにだけは聴いておいてほしかったんです。会えるのも多分、これが最後。

私ね、このクズみたいな人生で、ほんの一度でも大げさに誰かを救ってみたかったんですよ。

いい機会だから、私はそれをやろうと思います。

前歯のひとつ欠けた顔を描かせるのも、ちょいと気の毒ですがね。ははは。

# プロットと題されたテキスト・9

■■■に導かれるまま、私はようやくここへ至った。

「■■■■つ■■■■ろ■■■■の間■■■■」

やはりそうだったのか。

だから私はここへ来たのだ。

満たされぬものを見出し、私なりの方法で充足させるために。

思えば初めから、何もかも記録された怪談たちが物語っていたではないか。

例えば『たかり聞き』。ひとむらの忌避感がもたらした、空間の余白。

例えば『心霊写真』。忌むべきものが虎視眈々と狙う、精神の余白。

例えば『副作用』。些細な変化の境界にうがたれた、経過の余白。

例えば『指女』。軽やかな足取りを無慈悲に断つ、実情の余白。

例えば『帯』。解くも絡むも色次第、日常を彩る原理の余白。

空虚、欠落、埋められぬもの。

全ての怪談にそれがあった。空けられ、設けられ、ほのめかされていた。

その充足と再生こそ、私と■■の望みである。

思えば今日まで、ただそれだけを頼りに生きてきた。

全てはこのうつろを、■■を、そして■■■を、満たすためだけに作られたのだ。

もはや言葉もいらない。些末なことどもを、つらつらと書き残す意味などない。

ただこの記録が、いつか届くべき者に届くことを、心より祈るばかりである。

【皮肉屋文庫・注】

「プロット」と題されたテキスト群は、何ら佳境を迎えることなく、唐突にここで途切れている。

そもそも筆者が全て同一なのか、それとも複数人によるリレー創作のような成果物なのか、それすら判然としない。

加えてこの末尾を飾る意味ありげな跋文《ばつぶん》……。詩とも、読者へのメッセージとも取れるこの文章についても、私・皮肉屋文庫と担当編集のＩ氏、そして創作仲間らとの間で、その解釈をめぐってひと騒動を巻き起こした。

ある者は「みゆきという亡霊の影響で、筆者は失踪の憂き目に遭ったのだ」と言い、またある者は「各怪談に暗号か何かが隠されている、という暗示だろう」と言い募った。かと思えばある者が「いたずらに考察を助長するだけのデタラメだ」と胸を張り、ある者は肩をすくめてその様子を見守った。

しかし私の解釈は、いずれとも異なる。あえてこの段階では、それを記さずにおくとしよう。

さて、次に紹介するのは、『提供者不明』のフォルダにまとめられた一連のデータ群である。

分類の形式からして、おそらくこれらも怪談と同じ。

気づかぬ内に紛れ込んだ、イレギュラーなデータなのだろう。

消えたボイスレコーダーが由来不明の音声を腹に溜めて舞い戻ったように、フォルダにも同じ現象が発生したのである。

ただひとつ確かなのは、これを閲覧し終えた時、夜警の面々に何かがあったということ。

ならば、我々の場合はどうだろうか。
それを確かめるためにも、是非最後までお付き合い願いたい。

# 夜警フォルダに紛れ込んでいた、提供者不明の下層フォルダ

# 1　質問箱

【何らかの質問掲示板に連投されたテキストのようだ。『のまおくん』と同じ人物による調査報告か？　年代・場所など詳細は確認できず】

これ、知恵袋で解決しなかった話なんですけどね。僕が昔住んでた借家のそばに、赤い外灯があったんですよ。もとは普通のうら寂しい灯りだったのが、ある日赤いものに交換されてたんです。ご近所さんは誰も業者の姿を見てないって言うし、それがちょっと不気味で……。

Q1　いったい、何のためだと思います?

何よりこの光、ちょっとおかしいんですよ。どろっとしてるっていうか、粘り気があるっていうか。光なんだからそんな性質あるわけないのに、浴びた瞬間、身体のすみずみまで撫で回されるような、そんな錯覚があるんです。

それでこのエリアの人たちは、みんなこの外灯を避けるようになって。

で、あれは確か……設置からひと月くらい経った頃かなあ。バイト帰りの道すがら、あの外灯の下に誰か立ってるのが見えたんですよ。

そもそもこの一帯、ほとんどが林と森に囲われた町の端っこで、住み暮らすのは僕らみたいな借家の住人と、昔からの土地持ちが数人だけ。だから、夜中に待ち合わせなんてする場所じゃありません。

外灯の下の人影は身じろぎひとつせず、いかにも怪しい。

事情を問いただしたいのは山々ですが、なんとその子、セーラー服を着た女の子だったんですよ。僕みたいなおっさんじゃ、どうにも声をかけづらくて……。闇の中、赤い光を浴びながら携帯をいじるその子を迂回するように、僕は一度避けて通りました。

でもその子、次の日も、また翌日も立ってるんですよ。いつも独りでぽつんと、こちらに背を向けて。

ついにある夜、意を決しましてね。勇んで行って、声をかけたんです。

「えっと……あなた、この辺の人じゃないですよね。待ち合わせか何かですか？」

でも少女は後ろ姿のまま、カチ、カチと携帯のボタンを押す音だけが響いてて意に介した様子もありません。僕、普段はカッとなったりしないのに、なぜかそんな態度がすごく頭にきて。大声出したんですよ。

「おい、聞いてんのか！」

そう喉を震わせながら、口角泡を飛ばして喚き散らします。

「お前それ以上なめてると……」

そういきり立ちながら、少女の背中に一歩近づいた時です。

「とめ……て……」

声がしました。ひどく電子的な、機械が見よう見まねで再現したような、無機的な声。感情も抑揚もそぎ落とし、波形だけで表したような、そんな声。

「もう……さわら……ない……で」

そこで少女は振り向きました。

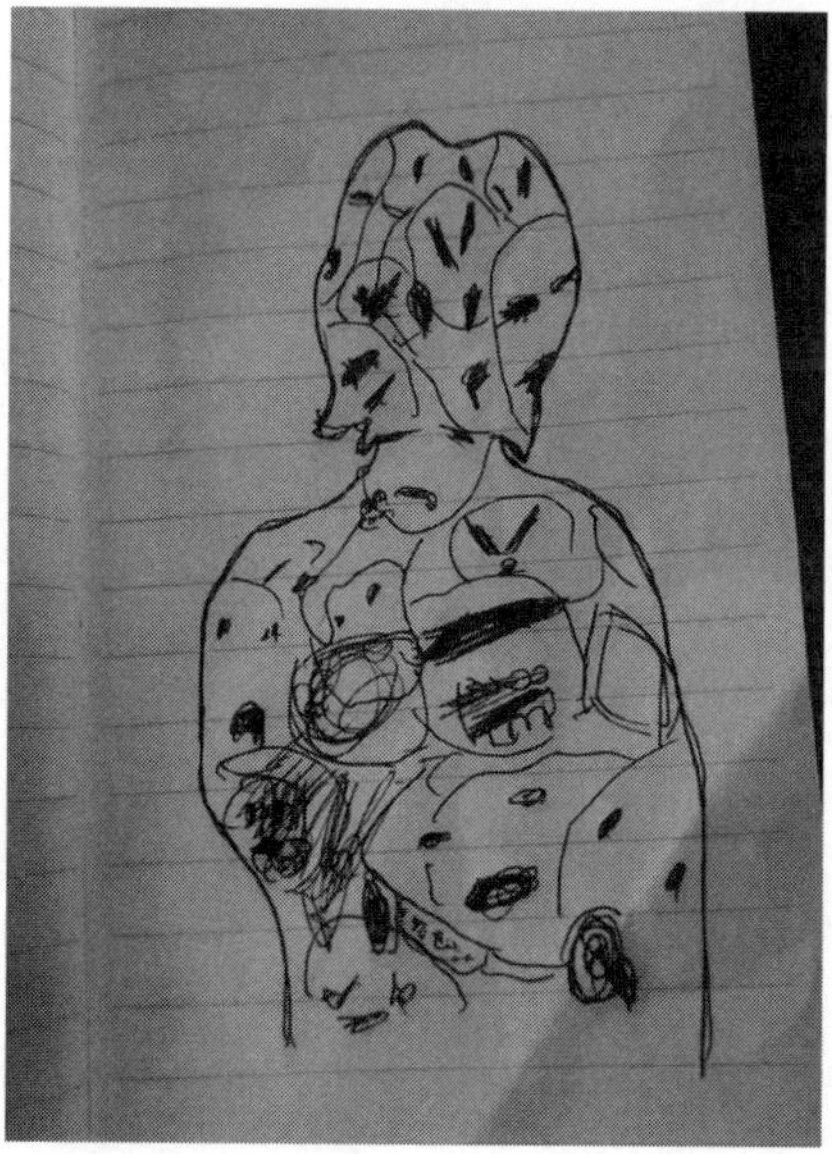

こちらを向いたその子、顔がなかったんです。いや、顔だけじゃない。首も手も足もありませんでした。あったのはセーラー服を着た少女の、輪郭だけ。少女というフレームの内側にはびっしりと、無数の人間の顔や肩や足や、車やカバンや自転車らしきものがうごめいてました。そのひとつが……僕だったんです。

僕、悲鳴を上げて逃げました。足がもつれて、何度か転んで、やっと家へ帰り着いたら鍵かけて、朝までずっと玄関を見つめてました。

昼過ぎになってようやく外へ出る決心がついて、恐る恐るあの外灯を見に行くと、灯りは元の古びた電灯に交換されてたんです。何年も見慣れた、おぼつかない白光に。

あ、よくある怪談だって顔ですね。

僕もそう思います。あれは幻覚。煩雑な日常に疲れて見た、気持ちの悪い悪夢。そう思いたかったんです。

でも、最近……。あの外灯の真向かいに住んでた人から、年賀状が来たんですよ。もともとあの一帯のリーダー的なお爺さんで、僕もよくしてもらってて。

そこに新しい住所が書いてあったんで、なんとなくネットの地図サービスで調べたんです。

ああ、あのお爺さんの家、空き家になってる。とうとう借家を出たんだなあ、って。

もう一〇年以上前のことですから、少し懐かしくて。でも、ストリートビューでその人の新居を調べたら……こうなってたんです。

分かりますか、木でできた柵の部分。

べっとりとなすりつけたような、赤い光。これ、あの外灯と同じ色なんですよ。色も質感も全て同じ。おまけにこのウッドフェンスの木材ね、お爺さんが「いつか何かに使うだろうから」って、あの頃、家の前に積んであったものなんです。つまりあの赤い光をずっと浴びてた木材が、なぜか写真ではこう表示されてるんですよ。

あの光、残ってるんです。

一〇年経ってもまだべったりと、木の表面に残ってるんですよ。

それで僕、ずっとずっと考えてるんです。僕の目にも、頭にも、身体にも、あの光の残滓がじわじわと皮膚を侵食して、残り続けてるんじゃないかって。だからこれは、そんな光に目を眩まされた中年男の妄言だと思って聞いて下さい。

もしも……もしもですよ？

Q2　人間を光に変換することができたら、それはどんな色をしてると思います？

Q3　どんな粘り気をもって、どんな肌触りだと思います？

僕はどうにもあの光が、生きた人間そのもののように思えてならないんです。

僕に苦難を訴えた、あの少女のように思えてならないんですよ。

ほら、例えば幽霊って、暗闇にばかり出てくるじゃないですか。あれはつまり幽霊自身が光だという証拠に他ならないでしょう？

光の中では輪郭が生まれない。だから闇に生じて自らを浮き彫りにする。幽霊はつまり、光なんです。粒子であり、波なんです。僕はそれを感じたんだから、間違いありません。

もしも人間を光にできたら、その光と幽霊のあいだに、明確な違いなんてあるんでしょうか。

きっと、ないですよね。

なんだか僕は、およそ人智の及ばぬ実験に、地域ぐるみで付き合わされたような気がしてならないんです。

■そう結んで席を立つ提供者を見送ってから、早いものでもう一年になる。
今に至って私がこの話を本稿にまとめる決心をしたのは、本件にまつわる複数の後日談的経緯に関して、ついに調査を中断する決心がついたためである。

■まず第一に、ストリートビューで木柵に赤い光の残滓を確認したという例の家について。地方法務局で登記事項証明書を取得した結果、現在の持ち主は、他ならぬこの話の提供者であると判明した。つまりこの体験談の提供者である男性は、私の取材後、すぐに例の家を買い取っていたのである。

■次に、外灯の設置されていた借家エリアについて。当時の近隣住民をしらみ潰しに当たったところ、意外な事実が判明した。そもそも外灯の設置以前からあの一帯は廃墟同然で、数軒放置された借家には誰も住んでいなかった、というのだ。この証言は複数人の住民によって補強されており、信憑性は高い。

■ならばなぜ、提供者の男性は話の根幹を虚言で飾り立てたのか。いもしない老人を登場させ、ありもしない体験を語り、買うはずのない家を手中に収めたのか。多くの疑問を残したまま、提供者とは一切の音信が不通となって、現在に至る。このファイルをもって調査中断の報告に代え、最後にひとつの物品を提示して一連の報告を終える。

■「もしも人間を光に変換できたら」と語るあいだ、提供者の男性が無意識に書き殴っていた現場の見取り図である。
メモ用紙の下部をよくご覧いただきたい。男性の触れていた部分が、この一年間で少しずつ赤に変色していた。
■原因は不明である。

## 2　聴取

【前半と後半、いずれも何らかの原稿らしきテキストデータ。しかし後半は削除されたもののようだ。同内容の書籍・雑誌記事などを探したが、編集部の調査をもってしても発見できず】

『黒目の壁』　X県・S郡

黒目が大きくなる壁って知ってます？

私が高校生の頃、少しだけ流行った都市伝説みたいなものなんですけど。市街のどこかの壁に黒くて大きな染みのようなものがあって、それをじっと見つめるだけで黒目が大きくなるって話です。

ほら、子供の失踪事件とか大きな水害とか、住民説明会の騒動があった年。あの頃ですよ。

実は私、黒目の壁に行ったことがあるんですよ。ある日同じ学年で「そこ知ってるよ」って子が現れて。場所教えるから試してみなよ、って地図書いてくれたんです。

ちょうど夏休み前だし、来週行こうってボランティアクラブの友達と予定を合わせて。

真夏の昼間、いつもの三人で教えてもらった場所に行ったんです。

そしたら本当にあって。

あ、写真見ます？　これなんですけど。

ここ、良かったですよ。三人で棒立ちになって目の前の染みをじっと見てたら、だんだん染み以外の色が混ざり始めて。絵の具をゆっくり

かき回すような、そんな感覚がありました。

するとと私の目から、細くて白い、糸みたいなものが真っ直ぐに生えてきたんです。ハリガネムシですっけ、カマキリのお尻から出てくるやつ。あんな感じ。

見れば壁の方からも黒い糸がにゅるって生えてきて。でも怖いとか気持ち悪いとか、そういう嫌悪感はないんです。黒い糸が私の白を少しずつ染めていく。その期待感だけしかありませんでした。

糸が絡んで。

つん、と鼻の奥が痺れるような刺激があって。

それで……。

ふと気がつくと、もう夕方。

三人ともなぜか両手がびしょ濡れになってましたけど、黒目はほら、この通り。

黒目、大きいでしょう?

カラコン着けてないんですよこれ。今まで付き合った彼氏にもよく、目が綺麗だねって言われるんです。

でも腑に落ちない点がひとつあって……。私たちに壁の場所を教えてくれた子、夏休み以降一度も学校に姿を見せなかったんですよ。しばらくして、そのまま転校しちゃったんです。

なんかそこだけ後味が悪いって言うか。やっぱ、きちんとお礼は言いたかったかな、って。


（文章はここで途切れている）

【テキストデータ・wall.docx】

※以下の部分は削除済みです

遠い目をした女性に、私は三つの疑問を提示すべきだった。

しかし代わりにひとつだけ、私は全ての疑念を込めてこう尋ねた。

「なぜ、染みを正面から撮らなかったんですか」

「だって」女性が含み笑いをして、こちらへ身を乗り出す。

「写真を見るだけでも効果があるって判ったら、みんな黒目を大きくできちゃう。すると今度は黒目の小さい子が可愛くなって、白目がちになれる壁を探さなくちゃいけないでしょう?」

店内のライトに照らされたその瞳は、急激な光量の変化にもかかわらず、ちっとも小さくならなかった——

※以下の部分も削除済みです。先ほど電話がありました

遠い目をしたその女性に、あの日私は訊けなかった。

ひとつ。壁の染み。その高さ。写真をひと目見て覚えた違和感。「棒立ち」になった女子学生の、

「目の前」にこの染みが位置するとは思えないこと。

※以下の部分も削除済みです。電話で先生のお名前を訊かれたのでお答えしました

二つ。自分の瞳孔から直線状に生えた糸を、「白い」と認識できるとは思えないこと。壁の染みだけを見つめた状態で、それが黒い触手に染め上げられるさまを、客観的に観察などできないこと。

※以下の部分も削除済みです。先生の娘さんとのことでしたが、間違いないですか？

三つ。染みの場所を知っていた生徒が「地図を書いてくれる」ほど独占欲に乏しければ、壁の存在が「少しだけ」の流行にとどまるはずがないこと。本当は地図を書いてもらったのではなく、無理やりその生徒に案内させたのではないか。

※以下の部分も削除済みです。受付にもお越しになりました。サングラスをかけた人でした

もしかしてあなたたち三人は、手近な存在で実験したんじゃないですか。

ボランティアクラブでたびたび接していた子供を誘い出し、羽交い締めにして、壁が人の眼球にいかなる作用をもたらすのか、実験したんじゃないですか。

その結果、手の付着物を洗い落とす必要が生じたんじゃないですか。

その子はいま、どこに埋まっているんですか。

あなたの瞳にたたえられた深い暗黒が、忌まわしい記憶の一端すら、壁に塗り込めてしまったんですか。

※ご依頼のあった部分は全て削除しました。滞在先のホテルを教えましたが、娘さんには会えましたか?

※早急にお返事ください

## 3　スケッチブック

【あるスケッチブックにクレヨンでしたためられた日記。しかし筆跡は子供らしからぬものだ】

家がおかしくなりました。ムギもこわがってほえます。きのうはお皿がわれたり、物がおちました。とくに、おじいちゃんのおし入れと、仏だんと、おじいちゃんの大工道ぐ入れの物おきがひどいです。全ぶわれました。お姉ちゃんが泣いてお母さんも泣きました。ぼくはがまんしました。ぼくのせいだからです。

ぼくがおばあちゃんのイスにすわってから、はじまりました。朝みんながおきたとき、ぼくがおばあちゃんのイスで、お茶にあられを入れてたべてたら、みんなわらうと思ったからです。おばあちゃんもおじいちゃんと同じ事こでおはかに入りました。もういません。だからしんだ人の物まねです。

でも、しちゃいけませんでした。ぼくがおばあちゃんのイスにすわったら、へんな声がしました。音もしました。すぐにみんなおきて来ました。でん気がチカチカしました。見上げたお父さんの目のまえでパリンとわれました。お父さんが目をだめにして、なな日たちます。まだ見えません。まい日、なにかあります。

お母さんとお姉ちゃんはり由をだれかにしらべてもらうそうです。でもぼくは、ぼくのせいだと思います。物まねのとき、ぼくはおばあちゃんとかさなったんだと思います。たぶん、おばあちゃんはおはかの日からずっと、あのイスにすわっていて、ぼくらには見えないけど、いたんだと思います。

でもぼくがかさなったから、おばあちゃんは、じぶんがもう生きてる人じゃないって気づいたんだと思います。だからやさしくしなくていいって、気づいたんだと思います。おばあちゃんにイジわるしてた人が、いるのかもしれません。ぼくがわるいので、じぶんでどうにかしたいです。

きょう、お母さんとお姉ちゃんが話してるのをききました。本とうに事こだったの。あなたもしってるでしょって言ってました。ぼくはきょう、おはかに行こうと思います。かさなってごめんって、あやまりに行くためです。お母さんたちにはないしょです。ムギがほえるので、書くのはここでやめます。

（ここでクレヨンの文面は途切れ、代わりにボールペンで走り書きがなされている）

この時点で、親も子供も手遅れだった。

# 手遅れだった

ておくれだった

ておくれ

以下の小説は、ボイスレコーダー内部に保存された最後のデータである。

レコーダー内は、フォルダが樹木のように複雑な多層構造になっており、本データはその最下層に保存されていた。

さながら他の怪談から一滴ずつ垂れた体液が、その最奥で少しずつ血溜まりをなしたような構成である。

一人称の筆致や語彙の傾向から、本稿における「プロット」と同一人物の手によるものと思われるが、その詳細も、収録された意図も一切不明。

# 小説「あかずの間を満たせるか」

## 1　ある談話

ピントが合う。

ずらりと居並ぶ人々の頭。壇上の光。

オートフォーカスの精度が増し、ホールに詰めかけた聴衆の後ろ姿が、よりいっそうくっきりと映し出される。

人文学者・早川宗次郎氏による公開講演

そう題されたパネルのそばで、白髪の男性がスポットライトを浴びていた。簡素なイスに腰掛けて、心持ち上体を傾けている。

カメラがズームするのに合わせて、男はマイクを手に取った。


「先ほど質問にも出ました、心霊という言葉。あの言葉に、どうして『心』という文字が用いられるのか、考えたことはありますでしょうか。

せっかくだし学生さんにも訊いてみようかな。あなたどう思います。……なるほど、幽霊というのは心に宿るものだから、ということですか。良い答えですね。幽霊の正体見たり枯れ尾花、なんて有名な言い回しもありますけれど、そんなに即物的なものばかりでは寂しいですからね。例えば心因性のストレスか何かで幽霊を見ることもあるでしょうし、少し世間知のある方なら、心霊現象などというものはすべて心の病気が原因なのだ、と豪語するかもしれません。

ところが私の見解は、少々違います。

あの心という字は、つまり、余白を意味するんじゃないかと思うんですよ。

ええ、余白です。ぽっかりと空いた、中身のない空洞。

そこには何が入ってもいいいし、何が出ていってもいい。

もちろん皆さんの大好きなオカルトや呪い、占星術や迷信のようなものも入るでしょう。

あるいはそれらが出ていって自然現象や化学反応、先ほど例に挙げた病気や生理現象などが入ってくるかもしれません。

入ってきてもいいのです。

古来より、『妖怪』という言葉は『変化』という言葉と同じものとして扱われてきました。昔の人はかしこいですね。得体のしれないものを、よく解らないままにはしておかなかった。もしかするとこの妖怪や幽霊というやつは、いま実際に存在するものが形を変えただけなのかもしれない。そんな疑いの余地を、言葉の中に残してあったのです。

私はこれが、心霊の『心』という字にも当て嵌まるんじゃないかと思っています。

そこは大変自由な空洞で、何が入ってもいいのです。

いまあるものも、あったら楽しいものも、およそあってほしくないものも。

だから、どうしても怖くなってしまったら、怖い話に余白を設けてご覧なさい。

そこには幽霊だけじゃなく、優しさや、面白さや、懐かしさ、そして科学のメスさえも遊びに来ることができるのです。

そうして生まれた『間』こそが、本当の意味で心霊を楽しむ秘訣なのではないでしょうか」

ズームアウト。前列左、ロングヘアの女性に一度ピントが合う。

カメラは女性の後ろ姿を、いつまでも捉え続ける。

## 2　私小説「夜警」

その月、最初の夜警は私だった。

その日は朝から霧雨が降っていて、目に映るすべてが湿潤に照り輝いていたのを覚えている。人も、街も、虚空を渡る風さえも。

雨足は深夜を過ぎても相変わらずで、大学へ着く頃には私自身も濡れネズミになっていた。

午前〇時。

大学構内はひっそり閑として、昼間の喧騒が嘘のように冷ややかだった。

老練な守衛に身分証を見せ、裏門を抜ける。

片側にはガラス張りの掲示板が外壁のように続いていた。中身は活動研究の報告書やポスター。いずれも取り澄ました絵画のように、整然と並んでいる。商学部に、国際関係学部、教育学部。ジャーナリズム学科に至っては、顔写真つきで晒されていた。まるで指名手配書だ。なにも全員分を貼り出す必要なんてないのに、と思う。その点、法学部は気楽でいい。公務員コースというあまりに実利主義の世界では、論文どころか、法解釈の議論すら一部の学生には意味をなさない。

詰め所へ行くと、すでに先客がいた。

野性味のある男だった。色黒の骨ばった顔の上に、癖のある黒髪がまといついている。上背があって、手足も長い。男はモニターの前に陣取って、何やら熱心に外の映像を見つめていた。

この監視モニターは、ある事件の影響で取り付けられたものだった。それまで窃盗があろうと、酒乱の学生が暴行事件を起こそうと、プライバシーがどうのと言って見送られてきたものだ。

　それがあの事件以来、事態は一変した。

　あまりに痛ましく、拭いようのない記憶である。

「あ、あの……」口ごもりながら私が切り出すと、男は大儀そうにこちらを振り返った。「僕、[redacted]研究会の[redacted]といいます。本日はよろしくお願いします」

「あ、はいはい、ご苦労さん」

　ぺこりと下げた私の頭上に、どこか気のない声が飛ぶ。面立ちの割には物柔らかな、艶のある声だった。

「おれ、里見ね。サークルとか、どこも入ってない。二留してるから[redacted]くんのふたつ上」

　里見と名乗った男はぞんざいにそう言い置くと、すぐにまたモニターへ向き直る。ほこりっぽい画面には、各階を連絡する廊下の薄闇が、ただ漫然と映し出されているだけだった。何がそんなに面白いのだろう。携帯電話をいじりながら、私はたびたびその背中を盗み見た。

　これがあの里見先輩か、と思う。

　色々と噂のある男だった。もとは医学部で、何かのっぴきならない問題を起こして破門になったのだとか。あるいは留学先の英国で、女王陛下を侮辱するユーチューブをやって、その日のうちに本国へ送還されたのだとか。風聞の大半は愚にもつかぬ与太だが、とにかく札付きだという点で一致していた。

　私がそんな問題児と組むことになったのは、ささいな偶然からである。

　KQ大学の夜警は通常、安全性の観点から二人以上の体制でおこなわれる。一方が棟内を巡回し、もう一人は詰め所に待機して監視モニターに気を配るのだ。そうしておけば有事の際も、必要があればインカムで連絡を取り合い、支障なく事態の対処に当たれるだろう、というわけだ。

ところが今夜、私と夜警につくはずだった先輩が、あろうことか酷い二日酔いでダウンしてしまったのだ。そこで急遽自治会に連絡を取ったところ、すぐに「債務者」を回すとの一報があった。

債務者というのはこの大学の独自用語で、夜警の義務を満たしていないサークルのことを指す。夜警は全サークルが平等に負うべき義務だから、それを棚上げにした者はいざという時の補塡《ほてん》要員に回されるのだ。

どんな人物が来るのかと気重だったのだが、まさかの事態である。なぜ無所属の里見が債務者扱いされているのかは分からないが、とにかく貧乏くじを引いた気分だった。ここ数年ほど幸運が続いていると思ったが、やはり不運の前触れだったか。水を差すようにこんなことがあるのだから、人生というのは判らない。

できれば今回だけは、待機組に回りたかった。何より肝が小さく、お化け屋敷ひとつまともに入れぬ性分である。深夜の棟内を同伴もなく回るなんて、苦行に等しい。

あまつさえ今回は、例の企画が待っている。

季節外れの怪談会。ただ夜警を怖がらせるための、悪趣味なイベント。

代わっていただけませんか。

何度喉元まで出かかったか分からない。

とはいえ、相手は先輩だ。それも悪評おびただしい、正体不明の問題児。とても代わってくれと言える雰囲気ではない。

何より当人はモニターの前に陣取って、動く気配がまるでないのだ。

悟られぬよう溜め息をひとつつき、ドアへ向かう。

そんな私の背に、里見が声をかけた。

「■■■くん、忘れもの」

ひょい、と何かが投げよこされる。

怪談の収録された、ボイスレコーダーだった。安っぽい黒のイヤホンが、細身の本体にぐるぐると巻きつけてある。

ここまできたら、もはや覚悟を決めるしかない。

やむなく私は懐中電灯を手に、きしむ扉を押し開けた。


吹き抜けのホールは、折からの霧雨で濡れていた。コンクリートには吹き込んだ雨水が、幾重にも幾何学的な文様を描いている。

薄暗いサークル棟を順繰りに見ていく。

夜警の時間帯は、在室中なら扉のそばに目印をつけておく決まりだ。

しかしほとんどのサークルが無人だった。この骨身をきしませるような寒さのせいだろう。

サークル棟はフロアごとにアンペア数が限られているため、下手に暖房を使えば一瞬でブレーカーが落ちる。ところがエアコン以外となれば、寒さをしのぐ選択肢は非常に限られてしまう。こたつは場所を取るし、湯を沸かすにはやはり電気が要る。結局自宅のアパートが最も快適だということになって、暇を持て余した学生すら、サークル棟へ足が向かなくなる。そういうわけでこの忌々しいコンクリートの箱は、夏と冬を心地よく過ごすには少々不向きと言えるのだ。

ひと気のない一階部分をさっさとめぐり、ポスターだらけの階段を上る。

階段の上り口には、黒々とした闇が口を開けて待っていた。

通路の先の静寂に、少しためらう。

そこでようやく、私はポケットのふくらみを気にし始めた。

例の企画である。

一〇月の担当者は例外なく、ここに収録された怪談を聞かなくてはならない。

しかしとても、聞く気にはなれない。

せめて暖かい時期なら、いつも誰かが酒盛りしていて人の気配があったのに。

このまま聞かずに帰って、でたらめな評価をつけてはどうだろうか。

抽象的な感想を縦横に並べ立てれば、思いのほかすんなりと誤魔化せそうな気もする。

いやしかし。

里見先輩の、あの下卑た笑顔が目に浮かんだ。

あの男のことだ。どうせ感想をせっついてくるだろう。このまま手ぶらで戻れば、あの男になんと言われるか分かったものではない。

ボイスレコーダーを取り出し、側面の穴にイヤホンを挿す。

再生ボタンを押すまでの数秒が、ぎくしゃくともつれ合ったように感じた。

## 3　怪談

【ほとけさん　20100901.wav】

えっと……国際関係学科四年の、澄田真央っていいます。

あれは免許を取り立ての頃でしたから、ちょうど二年前の今頃ですかね。私と他大学に通う友人カップルとで、裏山の上にある、例のセミナーハウスへ肝試しに行ったんですよ。そうですね、カップルの方は、彼氏がA、彼女の方をBとしましょうか。

セミナーハウスへは、皆さんも知ってる裏山の登山道で行くことになりました。そもそも、あれしか道がありませんからね。

山道は急角度のカーブを何度も繰り返してて、三半規管に自信のある私ですら、時にめまいがするくらい。

廃墟はコンクリート造りの四角い建物。よく見るとその周囲を、古いロープがぐるっと回っていました。立入禁止にしてはゆるい感じで。

ロープは全て耐水テープのようなもので何度も巻いてあって、おかしいな、と思ったのを覚えています。

中に入ってみると、とにかく雨漏りが酷いんですよ。確か集中豪雨か何かの翌日だったので、それも仕方ないですよね。壁も通路もびっしょびしょ。建物自体にたまった雨が、歩くたびぽたん、ぽたん、と頭に落ちてきました。

でも入り口からすぐが荒れ放題なのに比べて、奥は綺麗なんです。それを見たAが、つまり彼氏の方が調子に乗ったのか、せっかくなら全部見て回るー？　とかはしゃいでました。

そんなAの後ろに、変な落書きがありました。

コンクリートの壁に手書きで、

「ほとけ　さん」

と書かれていたんです。

それを見た瞬間、なんだかいやな予感がしました。

でも二人は、まったく気にした様子がありません。私一人が立ちすくんで、動けなくなってるだけ。

Bが彼氏のAに追随してはしゃぎました。

ねーなんかあるよ、なんて言いながら、壁の文字列を指さします。そして携帯を取り出し、それをぱしゃぱしゃ、撮り始めたんです。

あ、越えた。

いま一線を越えたな。

そんな確信がありました。

SNSにアップしようと思ったのでしょうか。そのまま、壁の前で携帯のボタンをいじっていたBが、突然その場にうずくまりました。

「痛……脚が……痛い」

あーあ始まった。

そんな諦めにも似た感情が胸の奥から湧き上がった瞬間、ふっ、と身体が軽くなりました。動ける。

私は駆け出して、彼女を気遣わしげに見つめるAと、Bの腕を取りました。

すぐに逃げよう、ここヤバいって。

何度もそう繰り返しながら、来た道を取って返します。私の剣幕に気圧《けお》されたのか、Aはすぐに彼女のBを背負い、私のあとに続きました。

見れば、Bの脚にはもう血が滲んでいました。

こいつ、脚に軽い手術をしたばかりなんだよ。もしかすると、傷が開いたのかも……。後悔混じりのそんな声が、コンクリートの通路に響きました。

なんとかBを車に押し込み、私たちはすぐにその場を離れました。

ミラーを調節して後ろを見ると、AとBの二人は、顔面蒼白の様相で固く手を握り合っています。Aがハンカチを取り出して、ダメになった包帯の上からそっと巻くのが見えました。そして力なく投げ出されたAの手を、そっと握ってやりました。

その時です。

頬に、わさり、と髪のかかる感触がありました。

後ろでまとめた私の髪が、ほどけていたんです。

いやな予感がして、私はもう一度バックミラーを見ました。

白い手のようなものが一瞬、すっと鏡を横切るところでした。

鏡の中では依然、AとBが固く手を握り合っています。

そんな二人の表情から、すとん、と感情が消えました。

ほつれかかった結び目が、ついにほどけてしまうように。

身を寄せ合うAとBは能面のような無表情で、そのままじっと互いを見つめ、絡ませていたお互いの指を、一本ずつ、そっと剝がしていきました。

だめ。

またあの本能的な、言い知れぬ直感がひらめきました。

ほどいちゃ、だめ。

しかしそんな願いもむなしく、二人の手は完全にほころびました。

つながれていた手と手は離れ、死んだ五本脚の生き物みたいに、車のシートへ力なく落ちました。

そして二人は血の気のない無表情のまま、ゆっくりとこちらを向き始めたんです。

目が合ったらだめだと思いました。

私はほどけた髪を何度も何度も失敗しながら、やっと思い切りひとつ結びにして、そこからはただ、眼前の山道に集中しました。

もうバックミラーを見ることはできませんでした。

駅前に着き、やっと人の気配がし始めた頃。

AとBの二人は、ものも言わずに車を降りました。

二人は顔も合わさず、言葉すら交わさず、それぞれ正反対の、まるで違う方向に歩いて行きました。

あれほど仲の良かった私たちですが、不思議なことに、それ以来ぱたりと縁が絶えてしまったんです。

まるで縁そのものが、ほどけてしまったように。

## 4　私小説「夜警」

ごとん、と音がした。

ムチで打たれたように振り返る。貼り紙だらけの通路に、薄黄色の光が躍った。

塗りつぶしたような闇の中、何かの動く気配もない。

あるのは私と、ドアと、他人行儀な壁。それだけ。

孤独感から逃れるように、頭の中では先ほどの怪談にまつわる雑感が渦を巻く。

なんだこの話は……。

学生から募った怪談など、せいぜいが学校の怪談に毛が生えた程度のものだと思っていた。しかしこれは違う。口裂け女や座敷わらしなど、キャラクタライズされたおなじみの妖異に頼るでもなく、ただ実体験だけが持つ、一種異様な不可解さに満ちている。

実体験は、かつてそこにあった恐怖だ。

無駄なものが削ぎ落とされていない、ありのままの恐怖。

したくもないのに、先ほどの話を脳内で反芻《はんすう》してしまう。

何より恐ろしいのは、これが実在の場所をモデルにしているという点だった。

この語り手が訪れた場所は、地元民なら誰もが知っているあの建物だ。

KQ大の旧セミナーハウス。

裏手にそびえるT山の中腹に、ちょこんと鎮座したレゴブロックのようなあの建物。

——あそこには何かタチの悪いものが取りついている。

——あそこは別格。ヤバい。

——一度目をつけられるとどこまでも追ってくる。肝試しに行ったやつから、死人も出てる。

そんな風聞は伝え聞いていたが、まさか血の通った実体験に出会うとは思わなかった。

やはり噂は本当なのか。

その時、音がした。

誰かが壁に頭を打ち付けるような、にぶい音。

私は現実に、つまりはいまそこにある恐怖のほうへ引き戻された。

恐怖の源泉に、そっと近づく。

ある部室の前。厳重に数字錠のかかった部屋の前で、本来なら表札のかわりになる識別票がぶらぶらと風に揺れていた。

その記名は空欄のままだ。

ああ、確かこの部室は。

各部室のドアには覗き窓が設けられているため、ひょいと背伸びをするだけで室内の様子が見えるはずだ。だがこの部屋だけは、ポスターで塞がれている。紙面の一端が、識別票のあおりを受けてだらんと垂れていた。覗き窓が少しだけ、あらわになっている。

すぐに私は視線を落とした。極力窓が視界に入らぬよう努力しながら、火の用心のポスターをとめ直し、足早に通り過ぎる。

背後でまた、あの音がした。

「よお、夜警さん。どうだった」

モニター前では、くだんの先輩がにまにまと笑っている。

私はあえて無視すると、懐中電灯を棚に戻した。

「そういえば怪談、リストの順番じゃなかったですね」

「いいだろ、最初のひとつはおれが選んだんだ。おれチョイスよ。あの怪談が暫定のおれベスト」

「まあ、確かに怖かったですけど、なぜあの話がオススメなんです？」

そこで里見は、あの人を食ったような表情を初めて和らげた。いたずらを見つかった子供のように、口の端で少しだけ笑う。

「うーん、まあ、ちょっとな」

心の機微を悟られまいとしたのか、今度は私をからかう方向に転じたようだ。

「ところで[redacted]くん、いいねきみ、色男だねえ。監視カメラで見てたけど、火の用心のポスターと仲良くやってたじゃないの、ええ？」

何を言い出すんだこの男は。せいぜいがひょうきん者のたぐいだと思っていたが、さすがにいまの発言は看過できない。

「ポスターの子、可愛いじゃん。あのままあの部屋へ連れ込んじまえばよかったのに」

いささかムッとして、反射的に食って掛かった。

「先輩、不謹慎ですよ」

私の直言が意外だったのだろうか。そこで里見は、へえ？　と間抜けな声を出す。

「不謹慎？」

「もしかして、知らないんですか」

まさか、あの事件を知らない者があるとは意外だった。夜警創設のきっかけになった事件。大学を震撼させ、新聞の見出しにこの大学の名が躍った、誰もが知る大事件。

「いやさ、おれずっと海外だったから。スノコルミー……なんとか大学ってところに放り込まれてたんだよ。あのクソ親父にな」

しどろもどろになる先輩は、年相応に可愛げがあった。

「で、あの旧油絵研究会……だっけ？　あそこで何があったんだ？」

私はひと呼吸置き、言った。

「あの部室、子供の霊が出るんですよ」

「子供？」

里見の声が一オクターブ跳ね上がる。

「ええ、お姉さんが目を離したほんの僅かな隙に、あの油絵研究会で首を絞められたんです。警備の連中は、みんな役に立たなかったから……。それ以来あの部室は、あかずの間になってるんです。結局もらい手がつかなくて」

里見がそこで、染みの浮いた天井を見上げた。

「まさかそんなことがあったとはなあ……それで、犯人は？」

「まだ捕まってないみたいです」

姉に当たる人物のことを、少しだけ思い出した。縁があったのだ。警官に連れられ、パトカーで病院へ向かうあの後ろ姿が、いまでも目に焼き付いている。

あの流れるような、豊かに長い黒髪が。

しかしそれ以来ＳＮＳも稼働せず、安否を確認する手段はない。

回想から我に返ると、里見と目が合った。

深く暗い色の、空洞を思わせる目だった。

事件以来、あの部屋については学内のタブーだった。そうした禁足地のさだめなのだろうか、最近ではおかしな噂まで立つようになったという。

あの部屋の前は息を止めて走り抜けなきゃならないだとか。

中に人影を見たら被害者の霊が……みゆきが来る、だとか。

どれも荒唐無稽な、眉唾ものの与太である。

しかし犠牲者が実在するだけあって、噂の拡散力にも根強いものがあった。

夜警の中には、二階の巡回を露骨に嫌がるものもいる。かくいう私も、その一人である。

「[redacted]くんもその……みゆきってのを、見たことあるのか」

やはりそう来るか。

不謹慎な噂の拡散に、加担などしたくはない。しかしこう問われては、安易に嘘などつけなくなる。

「ええ、一度だけ」

この大学の人間は——特にサークル棟の運営に与する人間は、おそらく誰もが一度はみゆきを見ているのだ。

みゆきの存在は、周知の事実である。
そこで、めまいに襲われた。
自らのセリフが、こだまのようになって押し返す。
ええ、一度だけ。
一度。
本当に一度だろうか？
私は、彼女の顔を見たのだろうか。
まぶたの裏に、なぜか「みゆき」の後ろ姿ばかりが浮かんだ。
姉と同じ、豊かな黒髪。
本当に一度？
わからない。
里見先輩はそんな私の混乱を気にもとめず、モニターのひとつを一瞥《いちべつ》した。
右下でちかちかと瞬く、あのモニターだった。

## 5　夜警日誌

夜警日誌　[redacted]年[redacted]月[redacted]日　（黒く塗りつぶされている）

担当団体名：[redacted]研究会
夜警参加者：里見龍太郎／[redacted]
定期巡回および戸締まり
一階　施錠○　破損なし　電気系統○　利用者総数　１人
二階　施錠○　破損なし　電気系統○　利用者総数　０人
三階　施錠○　破損なし　電気系統○　利用者総数　３人
その他特記事項
旧油絵研究会のドアに軽微の破損がありました。
サークル名の識別票が根本から折れて、ぶら下がっています。二度目に巡回した際、覗き窓の向こうで何かが垂れ下がっているのも見えました。雨漏りの影響で天井板が劣化して、電灯などが外れてしまったのかもしれません。確認と補修をお願いします。

夜警日誌　■■■■年　■■月■■日
担当団体名：食べ歩き愛好会
夜警参加者：戸田花音／滝田陽一／清水久典
定期巡回および戸締まり
一階　施錠○　破損なし　電気系統○　利用者総数　4人
二階　施錠○　破損なし　電気系統○　利用者総数　0人
三階　施錠○　破損なし　電気系統○　利用者総数　2人
その他特記事項
旧油絵研ですけど、通りかかった時に中で声がしました。
一応注意したんですけど、次に見た時はいなくて。
窓から入れるのかもしれないので、鍵の番号知ってる人、確認お願いします。

夜警日誌　■■■■年　■■月■■日

担当団体名：油絵研究会　↓　各サークルからヘルプ出しました
夜警参加者：■■■■／■■■■／■■■■／■■■■
定期巡回および戸締まり
一階　施錠◯　破損なし　電気系統◯　利用者総数　０人
二階　施錠◯　破損なし　電気系統◯　利用者総数　０人
三階　施錠◯　破損なし　電気系統◯　利用者総数　０人
その他特記事項
※ここは野口による追記です
警察の捜査、昼の二時まで続いてました。控え室とここの詰め所も事情聴取に使われたので、一応全員が帰るまで残りました。最後に出たのは野口です。もし警察の方に尋ねられたら、そうお伝えください。

旧油絵研究会のある二階を含め、館内は一切巡回を許されませんでした。

未確認ですが、おそらく夜警を執り行っていません。

サークル棟はしばらく使用禁止とのことでした。

自治会から、学生全員にサークル棟へ入らないよう朝イチでメールを回しておきます。

## 6　私小説「夜警」

夜警を終え、朝日を浴びる。

曇天の切れ間から覗く太陽が、こんなにも清々しいと感じたのは初めてだった。

里見が私の肩に手を載せて言う。

「[redacted]くん、この後予定あるか」

返答によっては面倒なことになりそうだったが、誤魔化しのきく手合いではない。

「帰って三限まで寝るだけですよ」

「そうか。じゃ送ってやるよ。優しい先輩が途中で飯でもおごろうじゃないか」

正直ご遠慮願いたかったが、暇だと答えた手前断るのもはばかられ、なんとなく後部座席へ乗り込んだ。

ステアリングを切る先輩は、終始楽しそうだった。のしかかるような黒雲を遠くに望みながら、清冽な朝の街を疾駆する。

しかし途中から、景色に緑が濃くなっていった。

やがてバス道を折れ、国道を逸れ、視界は山並みの原風景に近づいていく。

「あ、あの……僕の家、こっちじゃないですよ。K中央町の方面ですから」

里見は無言で、鼻歌など歌っている。

「ちょっと、降ろしてください。先輩」

目の前に分岐点。

一方は市街へ引き返す道で、もう一方は裏山の登り口。

間違いない。この男はあろうことか、『ほとけさん』のあの場所へ行こうとしているのだ。

私はパニックになった。

「お、降ろしてくださいよ！」

「いいじゃないか。ちょっと心霊スポットに寄るくらい」

すると先輩は何を思ったのか、ハンドルから手を離した。見れば助手席にはあらゆる宗教的なモニュメントがいっしょくたになった、気色の悪いネックレスのようなものが放り出されている。それを両手でうやうやしく持ち、ゆっくりと首に巻き始めた。

「聞いたぞ。あのセミナーハウスには、どこまでも追ってくる幽霊がとりついてんだって？　いや、おれも信心深いほうじゃないんだけどさ、そうなるとやっぱ、こういうのは大事だよな。転ばぬ先の杖ってやつだ」

しかしカーブが激しすぎて、とてもうまくいかない。そのたび車体が大きく揺れ、私は身の危険を覚えた。

車体が大きくかしぐたび、先輩は「おっとっと」などと言いながらハンドルに手を添える。そしてまたネックレスと格闘し始める。

生きた心地がしなかった。

対向車線に2トントラックでも躍り出たら、二人ともお陀仏だったろう。

結局、ネックレスは助手席に放り出されたままだった。

ようやくセミナーハウスに着いた頃には、緊張と焦燥とで気分が悪くなっていた。ふらつく足でまろび出て、冷めた泥濘をひしと蹴散らす。

「いい加減にしてくださいよ！」

「まあ、まあ」

半笑いでネックレスをがちゃつかせる里見に、私は喉の奥から叫んだ。

「中にはぜっっっったい付き合いませんからね！」

「わかってるよ、どうせ中には入れない」

里見が指し示す先、セミナーハウスの正面入り口は、木材とロープとで厳重に封鎖されていた。

なぜだろう。こうして朝日の中で見ると、怖さよりも退廃のわびしさがまさる。

あっけにとられた私に並び、里見が言った。

「それよりお前、気づかなかったのか」

この男からは初めて聞く、どこか慈愛をにじませた声音だった。

「あのボイスレコーダーに収録された怪談の多くには、ある共通点があったよな」

## 7　ある談話

「そう、共通点です。どなたか、分かる方。

ええ、するめとおからの共通点、聞いたことはありませんか。

実はするめもおからも、名前が不吉なのですね。

どういうことかというと、するめは『あたりめ』と言い換えたりするでしょう？　これはもともと博打《ばくち》の世界で『する』という言葉が嫌われていて……そう、すっちまうというのを連想するからね。すらずにあたる、という願いからあたりめ、と言い換えられた。

一方おからの方も、から、という響きが飲食店には呪わしい。店がからっぽじゃ商売にならない。そこで見た目から『卯の花』と言い換えるようになったのですね」

「つまり、名前をつけるという行為自体に、ある種の呪術的な意味合いがあるということですか？」

「ええ、名付けというのはすなわち、対象の霊的な実存を確定することだと考えられてきました。簡単にいえば、正体をつかんでしまうことだと。

各地の神話や説話にも、相手の名前を知るだけで生殺与奪の権さえ握れるという描写がたびたび出てきますし、民間伝承に登場する有名な精霊や悪魔の中には、名前こそが弱点だというものもあります。

これは日本の妖怪文化にも散見されますね。

正体不明のなにかも『あかなめ』と名付けてしまえば、その習性・出てくる場所、さらには好きなものまで一度に判ってしまうのですから。

いてほしい、話を聞きたい、触れてみたい。だけどあまり自由ではこまる。まじまじと見つめているうちに、ふとした拍子にどんな危険をこうむるか判らない。自由とはつまりそういうことです。

そんな相手を封じ込めてしまうのに、名前というのは格好の『呪』だったというわけです。

名は体を表すといいますが、実はすがたかたちを描写する以上の、極めて重要な効果をもたらしているのですね」

## 8　私小説「夜警」

「共通点、ですか？」

セミナーハウスの周囲には、相変わらずロープが渡されていた。

細く、ちぎれかけたその一端を指でなぞりながら、私は次の言葉を考える。

里見はどこか遠い目をして、死に瀕した建物を眺めていた。

「そう、共通点。特にセミナーハウスの怪談は、ヒントが露骨だった。

実は■■■くんが来る前におれはすべての怪談を聞いてみたんだが、すぐにあの話の違和感に気づいたよ」

セミナーハウスの怪談――

好奇心から心霊スポットへ向かった一団が、何ものかに親愛の縁をほどかれてしまう。

山の怪異を下界に連れ帰ったような、どこか禁忌を犯したような興味があって、僕は好きだった。

里見はよどみなくその先を続けた。

「確かに、面白い体験ではある。ところが、あの話はどうにもおかしい。前置きによると、登場人物は三人だ。語り手と友人カップルのAとB。たった三人。

ここで■■■くんに質問だ。終盤、車で山道を降りる三人は、どこにいた？」

そこで里見は自前のバンを親指で示す。

確か……そう。後部座席にカップルが二人。語り手が前。

「ご名答。そして語り手たちは追いすがる不気味な現象に遭遇する。後ろの二人は縁がほどかれ、語り手の髪は何ものかの手によって執拗にほどかれる。

……だが話の前段で、こうも前置きされているんだ。『山道は急峻で不規則なカーブを何度も繰り返してて』とね」

　そう、ついさっきそれを体感した。里見の乱暴な運転のせいで、いやというほど味わったばかりだ。

「なのに該当部分を聴き返すと、どうにもおかしいんだ。この語り手は、ほどかれ続ける髪をなんとかひとつ結びにして抵抗しつつも、眼前の山道に集中することでやり過ごしていた。
■■■くんも知っての通り、そんな芸当は不可能だ」
　そう。

　さっき里見が、首にネックレスを巻けなかったのと同じように。

「もう分かるだろ。つまりこの語り手は、運転してない。この怪談には、描写されてないドライバーがもう一人、いたはずなんだよ」

## 9　ある談話

「いるのか、いないのか。いるはずなのか、いないはずなのか。

実は幽霊の中にはそもそも姿かたちを持たぬものがあって、そのひとつが、『あかずの間』などにもつながっているわけですね。

開けてはならぬ、あれが封じられている。

そう気配や存在を示唆することで、人々の脳内にそれぞれの怪異像を描かせる。

そんな無形の怪というのも、古くから怪異譚に見られる典型のひとつなのです。

例えば村上義清という武将の臣下で、隅田宮内卿の名を持つ人の家では、全く姿の見えない妖怪が出たそうなのです。なのに食欲は旺盛で、なんでももりもり食べてしまう。だからといって悪口をささやけば、この幽霊は声高に言い返してきたというのですね。これは封じられていない、なんとも自由な無形の例です」

## 10　私小説「夜警」

里見の指摘どおり、他も同じだ。

あのボイスレコーダーに収録された怪談の多くには、あえて「欠落」が設けられていた。

それが人であったり、物であったり、単に空白の暗示であったり。

確かに、意図的な何かが施されているように思う。

なぜかそこで、戯れに反論してみたくなった。

「考え過ぎですよ。単に、描写されていないだけということはありませんか。不要な情報を削った、という作者の構成だったとしたら？　ほら、怪談というのは映像のようにすべてを描写するわけにはいかないでしょう。話にそぐわぬ情報は削除する必要があるわけじゃないですか」

「そうかもしれない。単にこれは、話者の話しぶりの巧拙の問題なのかもしれない。しかしどうにもおれは、意図的な配剤を感じてならないよ。

セミナーハウスの怪談をまた、例に挙げよう。この話では、車中でバックミラーに手の映るシーンがある。語り手がほどけた髪に気づく場面。そこで語り手がバックミラーをふと覗くと、後部座席の二人の様子がおかしい。この時バックミラーに、白い手のようなものが映った、と描写されている。一見これこそ怪異のようだが、ここまでの推察から、これが意図的に隠蔽された人物、すなわちドライバーの手であることがわかる。ドライバーも後部座席の異変に気づき、ついバックミラーに手をやった、それを語り手が見て、描写せざるを得なかった、という方が自然だ。

ならばあの手は怪異のものじゃない。あえて手だけを、聞き手に怪異のものと誤認させるような語り方をしているんだ。つまり意図された構成だ。あの手は人とも、怪異とも、どちらとも解釈できるようになっている。

「つまりこれを語った女性には……誰かひた隠しにしたい人物がいたのでしょうか」

「それは解らない」

昨夜、ここも雨が降ったのだろう。

湿った木々の匂いがした。

そこで初めて、里見がこちらへ向き直った。あの暗い穴のような視線が、じっと私に注がれる。

「だが少し前、大学の公開講義で面白い話を聴いたことがある。空白を名前で埋める、ということ自体が、一種の呪いとして機能することがあるという話だ。

……もしかするとあの怪談をまいた人物には、何かそういう意図があったのかもしれない」

そう、その講義なら私も聞いた。

私も、そしてあの人も、会場にいた。

前列左の端の席。懐かしい後ろ姿を認めた時、私は思わずカメラを向けたのだった。

講義のＤＶＤ収録の撮影のため、後輩のほとんどが駆り出されたあの日。公開講義の大ホールに、あの人はいた。

当時と変わらぬ豊かな黒髪。ひと目で気づいた。

姿かたちなら、どんな人混みのなかでも判った。

でも私は、彼女の声を知らなかった。

だから今回は気づかなかった。

ボイスレコーダーじゃ、気づかなかった。

「調べたんだ。国際関係学科に澄田真央なんて人物は存在しない。あそこはネットと学内の掲示板に全員分の個人研究が掲載されるから、在籍人数と照らし合わせれば判る。

あの怪談を吹き込んだ人物は、実在しないんだよ。なにかあると思った。もしかするとこいつは、怪談にあえて空白を生み出すことで、なにか企んでいるんじゃないか。夜警の最中、そう気づいたんだ」

そこで里見は、背後の建物を仰ぎ見た。

このセミナーハウスはもともと、有名な心霊スポットだった。

よくない縁ができると有名だった。どこまでも追ってくると有名だった。関連話がいくつもあった。

だったらその悪縁を、この同じ空の下で司直の手を逃れ、のうのうと自由を謳歌する犯人と結ばせよう。

そう考えて、実験を試みたんじゃないだろうか。

意図的に空白を設け、つけ入る隙を与えた。

一線を越えたものは、たとえ人でも怪異と同じ。

怪異は余白に紛れ込む。

それが精神でも、建物でも。

病んだ心に逸脱の火が灯るのと同じように。

荒廃した空き家が忌まわしいものの棲家になるのと同じように。

空白には、必ず何かが紛れ込む。

だから彼女は、それを待つのだろう。

あぶり出しのように、
用意した白紙に、
いつかその名が浮かぶように。

「どんな実験ですか」

喉元まで出かかったその質問を、私は胸のうちにとどめた。

空。

空。

風。

空。

空。

二人のあいだの空白を、生ぬるい風がさらっていった。

離れているようで、二人に距離はなかった。いまや心の一部分で、どこか相通ずるものさえ感じていた。

「じゃあ、いつか分かるかもしれないってことですね。実験の、結果が」

「すべておれの妄想だけどな」

そう、所詮は徹夜明けの、妄想。

暇にあかした学生二人の、妄想。
奇妙な先輩のつむいだ、妄想。
朝日に輝くセミナーハウスは、この街にぽっかりと空いた空白にも見えた。
埋めてくれる何かを、ずっと待ちわびているようだった。

『あかずの間を満たせるか』了

「手紙」

はじめまして。K社編集部宛てに突然のお手紙を、失礼いたします。皮肉屋文庫様の発表されている怪異譚をSNSで拝見し、大変興味深く読ませていただきました。

その中でたびたび言及される「みゆき」という少女に関して、どうやらひとつ大きな誤解があるようでしたので、驚きとともにこのようなお便りを差し上げた次第です。

作中に登場する怪談の語り手、そして大学のサークル棟で一夜を明かす筆者は明らかに、「美雪ちゃんが首を絞められた事件」と、「サークル棟集団パニック事件」が、さも別の事件であるかのように印象づけようとしています。前者をきっかけに学生警備員制度が生まれ、やがてみゆきという亡霊の噂が流布し、その余波で集団パニックを始めとする異常事態につながった、と。

しかし、おそらくは皮肉屋さんもお察しの通り、これらは同日に発生した事件であり、単に呼び方を変えただけなのです。

私は、誰よりもそれを知っています。

二〇一〇年一〇月三〇日の、あの夜。

あの大学で寮生活を送る姉を頼って、泣きじゃくりながら山道を歩いた少女が、なぜあの部屋で首を絞められるに至ったか。

お返事いただければ、その全容をお話しします。

野口美雪

## 【皮肉屋文庫・注】

野口氏のプライバシーに配慮して、氏の語る実際の大学名などは一切伏す。皮肉屋と編集部でいくらかの調査をおこなったところ、確かにそれらしい事実の断片が確認できた、とだけ申し上げておこう。注釈の手間を省く意味も込めて、作中でKQ大学と呼称されていた大学を本稿では『N大学』と置くことにする。

さて、ここまでお読み下さった読者の中にはお気づきの方もあるかもしれないが、ボイスレコーダーと一連のテキスト群にはひとつの誤解がある。

ここではまず、野口氏の手紙を引き写しながら夜警制度創設の経緯から述べることとしよう。

実際のN大学では一九九九年、学費の大幅な値上げをめぐる学生闘争の際に、当時八歳だった少女が乱闘騒ぎに巻き込まれ、手に重傷を負う事件があった。学内に設置されていた臨時の学習塾から、騒動の渦中へふらりと迷い込んでしまったのである。サークル運営者の一人である彼女の姉が、少し目を離した隙の出来事であった。

当時サークル棟の周辺はものものしいバリケードで覆われており、堅牢な砦のようだったという。かねてよりその景観被害を苦々しく思っていた大学当局は、突如としてその一斉撤去を決行。棟内に詰めていた学生団体と激しいぶつかり合いになった。最も衝突の激化したのはサークル棟の裏口で、折悪しく少女はここへ立ち寄ったのだ。

防災センターの警備員は言うまでもなく体制側であり、撤去活動の決行時には、あえて定時巡回を控えていた。

バリケード一掃事件ののち、学生側はこの体制不備を苛烈な論調で追及。この一件を契機に、サークル棟は二十四時間の学生自治を復権し、「夜警」なる制度が創設されるに至った。以来一〇年近くに渡り、国内でも非常に珍しい終日開放のサークル棟として、また学生闘争の勝利の象徴として、地方大学史にその名を残すこととなったのである。


そして二〇一〇年一〇月のあの日。

例の集団パニック事件が発生する。

当夜、夜警はすでに形骸化しており、わずか二名での警備だった。その二名が飲酒後にカフェイン剤を過剰摂取したことで、幻覚作用を伴う激しい中毒症状を呈し、事実上サークル棟はがら空きの状態だった。

そして夜警中の騒乱のさなか、一人の少女がサークル棟へ忍び込んだ。

当時の自治会長、野口優愛の妹である。野口美雪というその少女は、門限のことで母と口論になり、家出して数時間ほど市街地をさまよっていた。しかし心細くなった彼女は大学院生の姉を頼り、土地勘のあるT山中腹部のサークル棟まで、徒歩でたどり着いてしまったのだ。

裏口から棟内に迷い込んだ少女は、奥から二番目の部屋で独り泣いていた。そして夜警二人が幻覚にあえぎ始めた矢先、巡回のないことを不審に思った学生から姉の優愛が呼び出され、まず床にのたうつ二人が発見された。

次に優愛が視線を転じた先は、部屋の片隅だった。白いキャンバスや画材の投げ出された、ほこりっぽい部屋の片隅。そこに少女が倒れていた。首に梱包用のビニール紐を食い込ませ、口の端からは胃液が垂れていた。ぐったりと力なく両の手を垂れたその少女こそ、妹の美雪であった。

現場は言うまでもなく、あの旧油絵研究会の部室だったという。

この絞殺未遂事件は、いまだ未解決である。

一命を取りとめた野口美雪自身が、被害当時の記憶をなくしていたためだ。

夜警の二人が亢進《こうしん》した幻覚症状の末路として凶行に走ったのか。それとも夜警の間隙《かんげき》をかいくぐり、外部から変質者が忍び入ったのか。それすら判然としないのだという。

何より、この事件は明るみに出なかった。警察にすら通報されなかったのである。

それを主導したのは、意外なことに姉の優愛であった。

もともと夜警制度の存続に熱心に肩入れしていた優愛は、あろうことか事件を闇に葬ったのである。

彼女はすぐさま機転を利かせ、当時の自治会に幹部として携わっていた学生全員に強固な箝口令を敷いたのだ。

その隠蔽にかかわった人物、すなわちあの夜の真実を知りながら、野口氏の絞殺未遂事件を闇に葬った人々の名前こそが、戸山、武田、司馬など、複数名の幹部たち……。

そう。あのレコーダーに収録された怪談の語り手たちなのだという。

学生たちの聖域を堅守すべく、美雪は犠牲となった。

当人にその自覚はなかったが、忌まわしい記憶は成長とともに徐々に蘇った。一時期は悪夢から不眠症状が毎夜続き、心療内科に通院していたこともあるという。

しかし、全てを知る姉の優愛は手紙で真実を伝えた後に他界していて、もはや真意を問うことはかなわない。

例のボイスレコーダーについてはいかがですか、と問う私の手紙にも、手応えのない返事があるばかりだった。

誰が、なぜこんなものを作ったのか、それは私にも判りません、と。

しかしボイスレコーダーの作成者が、野口氏の過去に通じていることは疑いようのない事実である。

ならばくだんのレコーダーは、罪の告発だったのか。

今は亡き姉に代わり、美雪の記憶にうがたれた空白を埋めるための、唯一のよすがだったのか。

果たしてこれが、真相なのだろうか。


そして野口氏の手紙から数日後、そのダイレクトメッセージが届いた。

当時私は無関係なアカウントからのメッセージ通知を制限していたので、旧知の怪異作家である友人・Y氏のもとへ送られたものである。

「メッセージ」（以下の文章を皮肉屋文庫さんへ転送してください、という一文に続き）

突然のダイレクトメッセージ、失礼します。

ＳＮＳで発表されていた怪談に、心当たりがあってＤＭしました。

作中にある放送部の森田とは、おそらく姉のことです。

僕は、森田の弟です。

姉はすでに失踪して七年以上が経ちました。

それでも姉に関する思い出と、皮肉屋さんのアップしてた画像のひとつに重なるところがあったので、勢いのままにこれを書いています。

ボイスレコーダーです。

失踪の直前、皮肉屋さんの貼ったボイスレコーダーの写真を、姉の部屋で見た覚えがあります。

実際の姉は、大学生ではなくフリーターでした。

ある日姉が「いいバイトを見つけた。女性で事情を訊かない方歓迎、という触れ込みはわけありげだが、音声編集のバイトにしては実入りが良い」としきりにこぼしていたんです。

その仕事関係の書類でしょうか。「人材工学研究所」と書かれた封筒がちらっと見えたんですが、姉はすぐにそれを隠しました。その不自然な仕草を、いまでも覚えています。

両親のない僕にとって、姉の存在は親同然でした。本当に貧しい日々でした。

それでも優秀な姉はバイト先で貸し出されるパソコンを利用して、様々な内職をしていたんです。

例のバイトに応募したのも、遊ぶためや贅沢をするためじゃありません。生活費を稼ぐためです。

それがあんな闇バイトまがいの仕事にかかわったばかりに、ただ一人の肉親が行方不明になってしまうなんて、いまでも悲しみが癒えません。

ご返信いただければ、僕の知る事実を全て教えます。

それが姉、森田実由紀の行方を知る手がかりになるのなら。

森田

【皮肉屋文庫・注】

このダイレクトメッセージを一読した段階で、私もY氏も、そして途中参戦した担当編集のIさんも、三者三様に混乱を極めた。

Iさんはボイスレコーダーの音声のみを確認しただけで、テキスト群をまだ全てあらためていなかったため、目を白黒させていた。

「えっと……」

畏友のY氏が、遠慮がちに口火を切る。このY氏は妖怪好きが昂じて当人も妖異めいた筆力を身に着けてしまった、という生粋の怪異作家であり、私の良き相談相手でもある。

「なんで僕まで巻き込まれてるんです？」

「知らないよ。面白そうなボイスレコーダー買ってみたら変な小説は転がり出るし、挙げ句の果てにみゆきは誰それだ、って人が次々出てきて、こっちもお手上げ状態なんだから」

「随分とSNSをサボってると思ったら、今度はボイスレコーダーですか。その前は箱、さらにひとつ前が池、池の前が双子のアパートでしたっけ？　皮肉屋くん、この数年というもの、本業そっちのけで何やってるんです」

そこでIさんが咳払いをひとつした。雑談の応酬になりそうな空気が、そこで打ち払われる。ここはひとまず、私が音頭を取ることにした。

「この森田弟氏の主張に基づくならば、彼の実姉は森田実由紀という人物で、作中のドキュメントにあるKQ大学は架空の存在。『人材工学研究所』を名乗る個人か、あるいは団体が、怪談のデータをあらかじめ作成してボイスレコーダーの音声編集を彼女に依頼した。

これって、みゆき＝野口美雪だとするあの手紙の人物の主張と、矛盾なく合致するかな」

なんとなく水を向けてみるが、二人の反応は芳しくない。

「矛盾しますね」

Iさんが即座に言った。傍らのY氏もうんうんとしきりに首肯する。

「Iさんのおっしゃる通り、矛盾しますねえ。だって時期がおかしい。森田弟氏は『失踪の直前』に姉が音声編集をやっていた、と書いてあるから、ボイスレコーダーの完成は二〇二四年のおおそ七年前で、二〇一七年あたり。しかし作中の夜警日誌によれば二〇一〇年の段階で『森田』の署名があるわけですから、明らかに食い違う」

「でも森田って書かれた夜警日誌は作中の設定だろ？　それすら創作で、バイトの一環として森田実由紀自身が二〇一七年に作成したものだとしたら？」

すなわち、隠蔽された野口美雪絞殺未遂事件の真相を知る何者かが、その告発を兼ねて事件を模したボイスレコーダーとテキスト群を作成し、それら作業の一部を森田実由紀に依頼していた、という経緯である。これならば成立時期の齟齬は解消されるように思う。

「そりゃ、二〇一〇年にボイスレコーダーを使った怪談会など催されてなくて、年代も時期も全てが創作だというなら何だって成立しますけど……」

Y氏がやりきれない、といった調子でバリバリと頭をかきむしった。

「じゃあ、例えばですよ？　これが野口さんの事件を明るみに出す目的で制作されたものだというのなら、なんでまた作成者は創作テイストにして公開しようと思ったんです？　順を追って普通に吹き込むんじゃダメだったんですか？」

確かに、彼の指摘するとおりだ。目的が野口美雪殺害未遂事件の真相を告発することなら、ただことのあらましを録音すればよかっただけのこと。こんな労苦に金までかけて、物語形式にする必要はない。

「じゃあ、こいつの正体は何だ？」

そこで、深い沈黙が訪れた。

その後、いま一度野口氏に接触を試みたが、手紙は居住者不在で返送されてしまった。

つまり、野口美雪など初めから存在しなかった可能性すらある。

となると、こちらが真実なのだろうか。

森田弟氏の主張こそ、まさに疑いようのない、事実なのだろうか。

「電話」

そこで担当編集のIさんに、着信があった。

冷たい会議室の固着した空気を、シンプルな電子音がぴりりと切り裂く。

その音があまりに事務的で、私も、Iさんも、Y氏も、瞬時、現実の世界へ引き戻された。タブレットのスクリーンを覗き込む三つの顔が、それぞれ別方向へ離れる。

Iさんが足早に寒々しい廊下へと消えた。昼夜問わず人の入りの激しいK社ビルのひとつとはいえ、深夜一時ともなれば人影はまばらである。

少し厚めのカーペットの感触を靴底に意識しながら、対面のY氏と顔を見合わせる。

「もうこの手の呪わしいアイテムはこりごりだよ。怪談好きのYくんも、さすがにお手上げだろ」

「僕は時計の話が一番好きでしたけどね。まあ、絞殺未遂だの何だのという背景がなければ、もっと気楽に楽しめるんですが……」

彼の憔悴がこちらにも伝わり、会話のムードがいま一度停滞しかけた、その時。

ええっ。

壁越しに、そんな色高い声がした。Iさんの声である。くぐもるようだったそれが、再び一オクターブ跳ね上がるのが分かった。会話の切れ間へ、そのひと言が無軌道な紙飛行機のように舞い込んでくる。

「そんな……病室から？」

ドアが開き、電話を手に取って返したIさんは、私たちに困り顔で頭を下げた。

「申し訳ないのですが、今日はここまでにしていただけないでしょうか」

反射的に腰を上げかけるY氏を押し留めて、私はIさんに向き直った。その声音にただならぬものを感じたのである。

「何かあったんですか？」

「ほら、以前申し上げた作家さんの件、覚えていますか？」

言いにくそうにＩさんが目を伏せた。首に光るロザリオが不穏な輝きを見せる。

「私から電話を受けたと勘違いして、ハンドルを切り違えたあの作家さん……。あの方が入院中の病室を抜け出して行方が判らない、っていま連絡があったんです。学生の頃から精神的に不安定な方ではあったんですが、悪い予感が的中してしまったようで……。せっかくお時間を頂戴したのに、こちらの勝手ですみません」

申し訳ありませんが、と再び一礼するＩさんに恐縮しながら、私とＹ氏はそそくさと退散することにした。

二人とも、脳幹のどこか奥まった部分が麻痺したような心地だった。

あの作家が？

名も知らぬ、冒頭でしか言及しなかったあの作家すら、失踪の憂き目に遭ったというのか？

手紙の主である野口美雪、その姉の優愛、そして森田実由紀ときてあの作家まで。

何かが起きている。そんな確信だけがあって、事態を取り巻く論理の輪郭は何ら形を持たないようだった。全てが曖昧だ。何が事実で、何が創作かも判らない。その異質な焦燥感が、私とＹ氏の背をいっそう粟立たせた。

後ろ手にドアを閉める時、室内のＩさんはまだ通話中だった。

わずかな隙間から、その切迫した声が漏れ聞こえる。

「進行中の企画については、こちらで対応しておきますので。はい、はい……。よろしくお願いいたします」

しかし続く言葉に、私とY氏は足を止めた。

「里見先生が行きそうな場所なら、私にも心当たりがあります」

【皮肉屋文庫・注】

以下はあくまで、担当編集であるＩさんからの伝聞である。ゆえにペンネームを含めたほとんどの情報を、作家氏のプライバシーに配慮して仮称に置き換えてあることを、あらかじめご了承願いたい。

Ｉさんが担当する例の作家、里見由貴（さとみゆき）氏は、かつて重篤な精神疾患で精神科病棟に入っていたことがあるのだという。

日当たりの悪い、奥から二番目の個室。

油絵の好きだった彼が、しきりに出たがった薄暗い部屋。

ちょうど作家デビュー後まもなくの頃だったこともあり、Ｉさんもたびたび見舞いに訪れていたという。そこで確認した所、作中にある夜警室の描写と、当時患者たちに割り当てられていた個室の構造がおおむね一致した。

また、作中で巧妙に作られたサークル棟利用時間の画像、あの大学公式ホームページと思しき画像の一部は、彼を担当していた精神科病棟スタッフのシフトそのものであった。

ならば作中の作家が時折耳にしていた、ごとり、という壁に頭を打ち付けるような、あの音。

さらには窓に張りつく蛾の羽や、古ぼけたモニター群といった、監視者の存在を暗示するような描写の数々……。

それら意味ありげな記述の真意も、先述の経緯を知った今では変わってくるように思う。

となるとこれは全て、里見氏が仕掛けたものなのだろうか。

もしかして里見氏こそが、野口美雪の首を絞めた張本人なのだろうか。

ボイスレコーダーとはつまり、彼が罪悪感から無意識に作り上げた、脳内の牢獄なのだろうか。

そのために裏のバイトで語り手を募り、音声編集を森田実由紀に任せ、それがいずれ野口美雪の目に留まるよう、ネットの海に告白文を紛れ込ませたのだろうか。

完全犯罪を成し遂げた犯人が、ひとビンのボトルメールを大海に流すように。


これが、疑いようのない真相なのだろうか。


そこで森田弟氏に改めて接触しようと試みたが、どういうわけか、当該アカウントはすでに削除されていた。

いまや彼のフォロー・フォロワーのリストも整理され、数十あったフォローアカウントはただひとつに絞られている。

見ればそれは、私がボイスレコーダーを購入した、あのフリマアプリの公式アカウントであった。


思い返せば作中の作家氏は、油絵研究会を訪れた段でこう述べている。

求めるべきは名前だと。

里見由貴こそが、その答えなのだろうか。

あるいは森田実由紀こそが、その答えなのだろうか。

それとも野口美雪こそが、求めるべき名前なのだろうか。

全ては五里霧中である。

◆ ◆ ◆

以上が、この数ヶ月に渡って私やY氏を悩ませた、ボイスレコーダー問題の顚末である。あらゆる要素が曖昧な、あまりにも不可思議な体験であった。今でも目を閉じれば、あのサークル棟の情景が異質な陰影を伴って脳内で再現されてしまう。悪夢の中で、あの硬質な通路を何度さまよったかしれない。そのたびに答えは見つからず、石のように重苦しいもどかしさを抱えて目覚めることになる。凝り性のY氏なども同じ病にかかったとみえて、もはやボイスレコーダーと聞くだけで頭を抱える始末だ。

しかしそんな夢想ばかりの世界にも、ただひとつ確かなことがある。

このレコーダーと文書が、紛れもなくモキュメンタリーであった、という事実である。

これは単なるフィクションの産物とは一線を画する。そこには創り手の、何よりもドキュメントを模することに傾けられた熱情のようなものが、確固として内在しているように感じた。

そもそもモキュメンタリーというのは、これまでのフィクションといかなる点で異なっているのだろうか。これまでほうぼうで議論されたテーマだから、成立過程や定義に関する考察は先達に譲りたい。これはあくまで、素人に等しい私の所感である。

おそらくモキュメンタリーは、「想像の余地の扱い方」が特徴的なのだろう。

例えば、あみだくじなどを想像していただきたい。物語には原因と結果、すなわち因果があり、それらは一本の糸で結ばれている。謎を探し、ひとつずつ解決するという行為は、その糸を手繰る行為に等しい。だから物語の因果は複雑になる。どちらか一方からもう一端をたどろうとすれば、そこへ別の糸が絡み、あるいは途切れ、ともすれば別の結果に行き着いてしまう。作者はそんな手心を随所に加える。そうした複雑性を伴ってこそ、物語が面白くなるからだ。謎と真実を一直線に結びつけたのでは、読者も拍子抜けである。

そのため、通常のフィクションでは「想像の余地」はそれら因果の外縁にある。登場人物の来歴やその後、あるいは舞台の歴史など、そういった副次的な面に余地が設けられていることが多い。因果の糸が不自然に想像へ委ねられていると、読者が混乱してしまうからだ。

だがモキュメンタリーは違う。あえて物語の原因と結果を結ぶ糸をあらかじめ断ち切り、そこへ巨大な余白を設ける。だからむしろ、受け手はその混乱と当惑を楽しむことになる。ありきたりな理屈の茂みへ、いかに興味深い空白迷路を設けられるか。例えるならそういう試みに近い。ひところ流行った、ミステリー・サークルのようなものである。連結の機能美ではなく、断絶の芸術性を競っているような気さえする。

もちろん、その空白には何が入ってもいい。

そこに恋慕や、親愛の情が巣を張ることもあるだろう。しかしその執念は時にこちらの予想を超え、背筋をヒヤリとさせることがある。

あるいは空白に紛れ込むものが、理屈という縦軸と横軸のありきたりな展開を離れ、Z軸の前後にすら及ぶことがあるだろう。誰が書いたのか、何のために書かれたのか、そうしたメタの視点に転ぶことも、なしとは言えない。

二〇二三年前後の流行を鑑みるに、モキュメンタリーの興味は、おおよそそこにあるのだろう。いわば余白実験である。

境界条件も、数値シミュレーションの必要もない、あまりにも野放図な実験。

読者であるあなたは、ただ余白を見つめるだけでいい。そうしてぽっかりと空いた空白を見つめる内、オーダーメイドの異物が、おのずから物語の因果に触手を伸ばしていく。

だから、地に足の着いた考察はいらない。

こうであったら面白いのに、そう願うだけでいい。

例えば、
いま、
物事の因果が収まる円環《サークル》の病棟に、空室がひとつあるとしよう。

誰が使った部屋なのか、何に使われた部屋なのか、誰も知らない。

まったくの余白である。

しかし悪い噂がある。だからみんなこの部屋を嫌っている。

皮も肉もない理屈屋の患者たちが、その部屋の前だけをそそくさとやり過ごしていく。皆一様に押し黙って、活気がない。

しかし病棟の外からは、カーテンのかかったその部屋の窓を、数千、数万の瞳が熱心に見つめている。

その目は熱に浮かされたようで、きっと何かを見ているのではない。どこかを仔細に観察しているのでもない。ただ、注がれている。

やがて、因果の余白にも等しいこの病室に、変化があった。

カーテンが揺れ、光が漏れ、何かの影がしきりにうごめく。

大衆はその蠕動に合わせて、ゆっくりと身体を前後させ始める。誰一人として同じリズムで揺れる者はない。互いが互いを視認していないようですらある。

しばらくして、部屋の異変はいよいよ取り返しのつかないところまできた。

大衆の興奮は最高潮に達し、もはや形状を保つことすらできない。

一方で、内部の患者たちはみな震えている。壁と廊下と、それらの直角に溜まる薄闇ごと震えている。

そうして、何もないはずのその部屋に、何かが生まれる。

ありきたりな理屈や常識を差し置いて、数千、数万の脳髄というデバイスを借りて、それは生まれる。

あなただけの空想が、あなただけの怪を再生させる。

そんな実験。


そう、おそらくこれも。

私はボイスレコーダーの停止ボタンを押した。

そこにあるはずの手応えは、まるでなかった。
空を切るような感触が、逆に心地よかった。
ああ、これがモキュメンタリーの手触りなのだな、と。
そこで初めて気づいた。

再生終了 ――

一九九九年　七月一六日

通い慣れた雑居ビルの二階。薄暗い廊下の、奥から二番目の部屋。

美術会社へ返却するリースの小道具や、ボツになった備品が溜め置かれる、その部屋。

そこに、私のボイスレコーダーはあった。簡素な金属製のラックに、所狭しと並ぶ他の小道具に遠慮するようにして、小さな肩身をすぼめていた。

レコーダーは裏返しになっていて、そこに「不採用・お蔵入り」の頭文字がちょん、と二文字、マジックペンで手書きされている。不名誉極まりない仕打ちに、思わず唇を噛んだ。撮影前はあれだけ慎重に扱っていた小道具と、同じものとは思えない。所詮、あの男の息のかかった美術会社なんてそんなものか。あいつらはアイデアの重みなど解っちゃいない。一年以上かけて準備したそのレコーダーは、カビくさいコンクリートの箱にほんの僅か保管されたきりで、いずれ燃えないゴミとして回収される。つまりは、用無しだ。もう誰からも面白がられることはない。

そうぼんやりと、レコーダーの末路を思い描いた時である。

魔が差した。

同行する美術担当者が目を離した、ほんの一瞬。

私は隙をついてそれを引っつかむと、手早くポケットへしまった。

隣の育美が目を丸くする。

「先輩、それ……」

小声で咎める彼女を無視して、私はきびすを返した。そのまま部屋を出て、夜間警備員の詰め所を足早にすり抜ける。

育美はすごすごとついてきた。物問いたげなその視線を、傘でもさしたように無視し続ける。

なにがスポンサーの都合だ。

なにがプロデューサーの好みだ。

このホラー・ジャンルはいずれ「来る」。

あの能なし連中が金さえ出してくれれば、この作品が疑似ドキュメンタリー……そう、言わば、モキュメンタリーとでも呼べるホラー・ジャンルの、先駆けになったはずなのに。

いまや斜陽の途にある一般映画の、かつてのスター性にしがみつくプロデューサーは、私の脚本をひと目見るなりこう言った。

まどろっこしいね。

謎の資料だの音声だの、実は書き手が違っただの、そんな裏設定ばかりが先行する映画、ウケるわけないだろう。

きみ、大学映画コンクールの受賞者だっけ？　あの時から思ってたんだけどさ。

そういうオタクくさい作品で持て囃されるのは、せいぜい学生までなんだよ。

こっちは会社抱えてるんだからね。そんなくだらんものに費やす金はない。

第一、子供が信じたらどうするんだね。

本当にそんな事件があったと思われでもしたら、どんなクレームが入るかも判らんよ？

それに、創作姿勢もいただけないね。

ほら、貞子みたいに、何かアイコンになるような女の霊を出すとかさ。

きみの作品からはそういう、流れに乗る努力が感じられないんだよ。

あいつが鼻で笑ってそう言って、それまでおれの才能を持て囃していた連中も、鶴の一声で口々に論調を変えた。

そこでふと思った。

こいつらはまるで夜警だと。

創作の迷宮を我が物顔で闊歩して、手にした電灯で好奇の光を投げかける。そうして闇に紛れた異端をあぶり出すのだ。

流行という破邪の光に適さぬものは、じりじりとその身を焼かれて灰と消える。そのプロセスでこいつらは、その実、影の方ばかりを作り出しているじゃないか。

流行の威光に目を眩まされ、消えていく才能には見向きもしない。

また別の階層で別の異端を円光に照らし、つかの間、衆目に晒すだけ。

だからこいつらは、夜警と同じ。

誰かが私を皮肉り、嘲笑し、こちらへ向けられた光がいっそう強くなる。

足元の自分の影が、長く長く、後方へ伸びていくのを感じた。

耐え切れず、目をそらす。

壁に貼られた火の用心のポスターが視界に入った。幸福そうなポスター。

二本指を立てて微笑む被写体の少女は、プロデューサーと懇意の芸能事務所が猛プッシュして売出し中のアイドル・タレントだった。

この時代に持て囃されるのはこんなものばかりだ。

流行りの髪型、流行りのメイク。余白のない、ありきたりな笑顔。

なぜだろう、それがあまりにも憎かった。

どうしようもなく憎かった、はずなのに——

いま私は、情熱の墓場と化したこのビルから、ただ逃げている。

私は脚の交わしを早めた。

夜警のように目を光らせ、異端を排斥しようとする連中に、いつか分からせてやる。

ポケットの中のボイスレコーダーを取り出し、ひしと握りしめた。

お前はボツなんかじゃない。

お前をお蔵になんてさせない。

機体の裏面にある、忌々しいマジックペンの部分をこすった。捺された無用の烙印を、なんとか拭い去ってやりたかった。

けれど油性のインクは思いのほかしつこい。真ん中の部分がかすれて、波立つようになっただけだった。

それがあの会議で注がれた、両の脚にまといつく侮蔑の視線を思わせた。

「どうするんです、それ」

思案げな育美の声を振り切り、私はビルを出た。

そのまま彼女の方を一顧だにせず、雨の降りしきる横断歩道を渡る。

道を越え、路地に紛れ、夜の暗がりに溶け込もうと名も知らぬ町へさしかかった時、私と育美とを踏切の遮断機がさえぎった。

しばらくそうして、お互いに見つめ合っていた。

あいつは、大手の出版社に内定が決まっているという。

対して私は映画ひと筋。こんな身勝手に付き合わせるわけにはいかない。私に同調したとバレたら、あいつのキャリアにどんな傷がつくかも判らない。

だから。

電車が通り過ぎるまでの間に、あいつの前から消えたかった。私は背を向け、一歩踏み出す。

夜警のように目を光らせる大衆が、憎かった。

あら捜しに腐心して、新しい試みに見向きもしない連中が、憎かった。

今に見ていろ。

その聞き分けのない耳に、いつか聞かせてやる。

私と育美のアイデアを、決してこのまま死蔵させやしない。

「里見先輩!」

濡れた背中にあいつの声が飛んだ。追いすがるその声から、私は逃げた。

私は今一度、ボイスレコーダーの録音スイッチを入れた。

電車の轟音が、小さな機体に流れこむ。

轟音のさなかに、私は腹の底から叫んだ。

聞こえるか、夜警ども。

これが私たちの、声だ。

流行り廃りでしかものを見ないお前たちに、
一度かき消されたものたちの声だ。

一瞬の静寂。

一片の余白。

両の肩を荒く上下させながら、ふと、夜空を見上げる。

星があり、月があった。当たり前の顔をして、私を見ていた。

星々のあいだには自由な余白がある。

でも、私にはなかった。この時代、私と、このレコーダーには逃れ入る余白がない。

しかし、いつか。

ここに収められた怪が、幽が、忍び入るべき余白を見つけ出し、幾千、幾万の好奇の視線に耐え得る、そんな時代が来たら。

もう一度、私の創意は息を吹き返すのだろうか。

再生するのだろうか。

しばらく歩いて、立ち止まる。

カーブミラーの中、もう一人の私がこちらを見ていた。

ゆがんだ鏡面に映る私は、なぜだかひどく作り物めいて見えた。

了

参考文献……………………『日本妖怪変化史』江馬務／
中央公論社／一九七六年
『現代霊性論』内田樹、釈徹宗／
講談社／二〇一〇年

装画……………………………POOL
ブックデザイン………………welle design
校正……………………………株式会社　鷗来堂
ＤＴＰ…………………………有限会社マーリンクレイン
編集……………………………井口和香

# 夜警ども聞こえるか

2025年1月28日　第1刷発行

著者……………………皮肉屋文庫

発行者…………………山下直久

発行……………………株式会社KADOKAWA
〒102-8177
東京都千代田区富士見2-13-3
電話　0570-002-301（ナビダイヤル）

印刷・製本……………株式会社暁印刷



ISBN 978-4-04-115191-4　C0093
Printed in Japan